KB219282

세상에서 가장 위대한 축구선수

제르마노 줄로 지음

김주경 옮김 | 김애린 그림

옮긴이 김주경
전문 번역가.
이화여자대학교 불어교육학과, 연세대학교 대학원 불어불문학과 졸업
프랑스 리용 2대학 박사과정 수료.
번역서 『느리게 산다는 것의 의미』 『토비롤네스』 『세계의 비참』 『아듀』
『바다 아이』 『블로그』 『80일간의 세계일주』 『해저 2만리』 『2년간의 휴가』

세상에서 가장 위대한 축구선수

제르마노 줄로 지음

초판 1쇄 발행일   2013년 6월 13일

옮긴이 · 김주경
펴낸이 · 김종해
펴낸곳 · 문학세계사
주소 · 서울시 마포구 신수로 59-1(121-110)
대표전화 · 702-1800 | 팩시밀리 · 702-0084
이메일 · mail@msp21.co.kr
www.msp21.co.kr
출판등록 제21-108호. (1979. 5. 16)

값 10,000원
ISBN 978-89-7075-566-3 43860
ⓒ 문학세계사, 2013

Le plus grand footballeur de tous les temps

Germano Zullo

세상에서 가장 위대한 축구선수

어렸을 때 나는 펠레나 마라도나 같은, 아니 그보다 훨씬 더 훌륭한 축구 스타가 될 것이라고 믿어 의심치 않았었다. 역사상 가장 뛰어난 축구선수가 될 것이라고 믿었었다. 하지만 지금은 아니다. 그런 생각을 버린 지 이미 오래다. 난 프로 선수가 되지 못할 거라는 걸 잘 안다. 제3지역에 속한 이 별 볼일 없는 클럽에서조차 1군에 뽑히지 못할 거라는 것도 안다. 오, 트랭캉 클럽(장 자크 아노 감독의 영화 〈뒤통수까기〉에 나오는 축구팀 이름)이여, 영원하라!

올해 시즌이 시작되었을 때 코치들이 말했다. 이제부터는 장난이 아닐 테니 각오 단단히 하라고. 그냥 각오가 아니란다. 단단한 각오! 우리가 속한 U17(17세 미만의 선수들로 구성된 그룹들)에서는 일주일에 네 번이나 훈련을 한다. 좋은 팀으로 구성되었으니 우승도 노릴 수 있을 것이다. 게다가 코치들은 우리의 라이벌인 생 로베르에 속해 있던 선수를 세 명이나 데리고 왔고, 특히 골키퍼까지 한 명 맞이했다. 그런데 난 이 골키퍼 녀석의 얼굴이 영 마음에 들지 않는다. 나랑 결코 잘 어울릴 수 없을 것 같은 얼굴이다.

이제 파스칼은 우리 팀에 없다. 뛰어난 골키퍼인데……. 그는 1군에도 넉넉히 들어갈 수 있었을 것이다. 그런데 그 애가 축구를 그만뒀다. 갑자기. 뚜렷한 이유도 없이. 아니지, 실은 그 애가 축구를 그만둔 까닭이 있다. 게다가 그 까닭을 모두가 알고 있다. 평소에 그는 절대로 우리와 함께 샤워를 하지 않았다. 반드시 집에서 샤워를 하곤 했다. 우리 팀의 아이들 몇 명이 그 태도를 재수 없다고 생각했다. 그래서 시즌의 마지막 시합이 끝나던 날, 모두 달려들어 그 애를 붙잡아서 샤워기 밑으로 끌고 가기로 작정했다. 그리고 실제로 그렇게 했다. 그때 나도 그 가운데 있었다. 우린 그 녀석의 옷까지 벗겨버렸다. 그가 거세게 발버둥치며 반항했지만, 우리의 수가 워낙 많았다. 결국 우린 그 녀석의 팬티를 벗겨버렸다. 그리고…… 그가 절대로, 절대로 남들에게 보이고 싶어 하지 않았던 것을 우리 모두가 보고 말았다. 그의 고추는 어린애 고추처럼 털도 나지 않은 아주 작은 고추였다.

내가 U11(11세 미만의 선수들로 구성된 그룹들)에 속해 있던 무렵, 우리 팀에 파트릭이란 애가 있었다. 별 볼일 없는 선수였지만, 이미 사춘기에 접어든 데다 변성까지 일어난 애였다. 두 뺨에 솜털 같은 털도 조금 나 있고 코밑에도 거뭇거뭇한 수염이 나기 시작했으며, 무엇보다도 어른의 것 같은 고추를 갖고 있었다. 아직 털이 나지 않은 작은 아기 고추를 갖고 있던 우리들로서는 그 녀석 앞에만 서면 왠지 자신이 너무 작은 어린애 같은 기분이 들곤 했었다.

U9에서 첫 공식 경기를 치렀던 때가 기억난다. 모두들 역사상 가장 뛰어난 축구선수가 되는 것이 꿈이던 시절이었다. 상대팀 선수가 갑자기 내게 거칠게 돌진하는 바람에 난 그 자리에서 땅바닥에 넘어지고 말았다. 하마터면 울 뻔했다. 그때 코치가 와서 말했다.

"그래! 그게 바로 축구라는 거야······. 자, 일어나라!"

그래서 난 일어섰고, 결국엔 정식으로 내 자리를 꿰차게 되었다. 아마 우리 중에서도 누군가가 파스칼에게 그렇게 말했어야 했다.

"그래, 이게 바로 인생이라는 걸 거야······. 자, 일어나!"

오늘 저녁, 아빠가 손님을 초대했다. 직장에 새로 들어온 동료라고 했다. 이름은 와마이. 그는 얼마 전에 난민자격을 취득했다. 그를 위해 아빠는 자신이 가장 잘 할 수 있는 요리를 준비했다. 이름하여 양배추 통조림 요리! 다행히도 와마이는 맛있다고 했다. 원, 세상에! 이제 난 세상에서 양배추 통조림을 좋아하는 사람을 적어도 두 명은 알고 있는 셈이다. 나는 버찌와 샹티이 크림을 넣은 초콜릿 과자, 포레누아르를 집중 공격했다. 그리고 황송하게도 맥주 한 잔을 마실 권리까지 얻었다.

와마이가 자기 이야기를 해주었다. 그의 가족은 유복한 편이었다고 한다. 그는 무역학을 공부했고, 산림개발사업을 했다. 그리고 결혼하여 세 아이까지 두었다.

그런데 어느 날 장남이 독사에게 물려 죽는 사고가 일어

낳고, 그것이 불행의 시작이었다.

그의 나라, 아프리카 대륙의 한가운데 있는 르완다에서 무력 정권이 생겨나 당시의 정권을 밀어내고 권력을 잡는 일이 벌어졌다. 새 정부는 와마이 가족이 옛 정권과 내통하고 있다고 의심했다. 그것은 전혀 근거가 없는 의심이었지만, 새 정부는 거짓 증거들을 조작하여 들이밀었다. 와마이의 아내가 고문 속에서 죽었고, 다른 두 자녀는 살해당했다. 와마이도 감금을 당하고 고문을 받아 거의 반죽음 상태에 빠지고 말았다. 그런 그를 기적적으로 감옥에서 구출한 것은 수녀들이었다. 그는 고국에서 도망을 쳤다.

그리고 길고 긴 여정 끝에 유럽에 상륙했다. 이곳, 프랑스에. 그리고 보호시설에 등록했다. 그는 다시 정치학을 공부하고, 새로운 가정을 꾸미길 바라고 있다고 한다. 지금은 아버지와 같은 부서에서 일하고 있는 중이다.

아빠가 이탈리아산 브랜디를 꺼내왔다. 두 남자는 여자 이야기를 하기 시작했다. 나는 거실로 들어가 TV를 켜고, 챔피언스 리그의 마지막 부분을 보았다. 그러면서 머릿속으로는 와마이와 그의 조국, 가정 그리고 그가 겪었을 시련들을 생각했다. 그런 다음 우리 엄마와 아빠를 떠올렸다.

다음 날의 스케줄과 학교, 수업, 훈련에 대해서도 생각했

다. 내일 점심 때는 식당에서 엄마와 식사를 하기로 되어 있었다.

아빠가 와마이와 함께 커피포트를 들고 거실로 들어왔다. 우린 함께 챔피언스 리그 특별방송을 보았다. 그날 있었던 시합들 중에서 주요장면들을 뽑아 보여주면서 분석과 해설을 들려주는 프로그램이다. 그때 아빠가 와마이에게 나에 대해 말하기 시작했다. 칭찬과 자랑……. 난 그것이 싫다.

아빠는 나에 대해 말할 때면 언제나 축구선수로 장래가 촉망되는 아이라고 말했다. 게다가 학교 공부에도 소질이 있다고 했다. 아빠는 올해 내가 영어에서도, 독일어에서도 심지어 수학과 물리에서도 평균점수가 안 된다는 것을 모른다. 아빠는 내가 낙제를 하게 될 거라는 것도 모른다. 하기야 한 번도 내 성적에 신경을 쓴 적이 없으니까. 언제나 아빠는 나를 엄청나게 신뢰했다.

엄마는 아빠와 헤어지고 나서 변해도 너무 많이 변했다. 전혀 딴 사람이다. 내가 엄마를 알아볼 수 없을 정도로. 그래서 난 한 달에 한 번씩 레스토랑에서 낯선 아줌마와 식사를 한다. 우린 언제나 같은 식당, 같은 자리에서 식사를 한다. 600년 전통을 자랑한다는 레스토랑, 라 쿠론. 음식이 아주 맛있다. 그래서 올 때마다 메뉴를 바꿔서 맛을 본다. 내가 계속 이 약속 장소에 나오는 것은 단지 맛있는 요리를 즐길 수 있기 때문이라고 생각한다.

아빠와 엄마는 서로 만나지 않는다. 그들은 서로에 대해 항상 화가 나 있다. 아빠는 내가 한 달에 한 번씩 레스토랑에서 엄마와 만난다는 것을 알고 있다. 하지만 한 번도 엄마에 대한 소식을 물어본 적이 없다. 엄마로 말하자면, 매번 똑같다. 엄마는 내가 다가가면 내 오른쪽 뺨에 입을 맞추고 나서 메뉴를 들여다보는 척한다. 그리고 언제나 계절 샐러드 한 접시와 상세르 포도주 반 병을 주문한다. 그런 다음 내게 잘 있었느냐고 물은 뒤에 항상 이렇게 말한다.

"네 아빠는 안 물어봐도 여전히 똑같겠지."

엄마가 이 말을 할 때는 억양이 전혀 없어서 그 의도를 알 수가 없다. 물어보나마나 똑같을 거라고 확신하는 것인지, 아니면 아빠가 지금도 여전히 똑같으냐고 내게 물어보는 것인지.

엄마는 4년 전에 다른 남자를 만나서 집을 나갔다. 아빠보다 훨씬 더 재미있는 남자……. 훨씬 더 야망이 있고, 훨씬 더 많이 배우고, 훨씬 더 잘생기고, 훨씬 더 돈이 많은 남자. 말하자면 슈퍼맨 같은 남자다. 엄마 말에 따르면 그 남자 덕에 아주 많은 것을 배우고 있다고 했다. 화장하는 법, 섹시하게 옷 입는 법, 그리고 사전 없이도 말할 수 있는 법까지 배웠다고 한다.

지금 엄마는 무슨 말을 하고 있는 걸까? 나도 모른다. 듣고 있지 않았으니까. 아마도 엄마의 삶에 대해, 했던 일에 대해, 앞으로 할 일에 대해 말하고 있을 거라고 생각한다. 엄마의 표현에 따라 엄마 인생의 동반자라는 그 남자에 대해. 그가 얼마나 멋지고 훌륭한 남자인가에 대해. 엄마는

그렇게 독백을 하다가 가끔씩 이렇게 묻는다.

"참, 넌 어떻게 지내니?"

난 잘 지낸다고 말한다. 그러면 엄마는 다시 긴 독백을 이어간다.

엄마는 지난날 우리 가족이 함께 보냈던 바캉스를 더 이상 기억하지 못한다. 로마에 갔던 그 때를. 그곳에서 엄마는 내게 아주 멋진 축구화를 사주었었다. 세상에서 제일 멋진 축구화. 이태리의 명품 판토폴라도로. 모두가 그 신발을 부러워했었다. 코치들까지도. 신발이 작아져서 더 이상 신을 수 없게 된 지 벌써 오래다. 그래도 난 지금까지 운동 가방의 제일 밑에 그 축구화를 넣어 가지고 다닌다. 내가 더 크지 않았더라면 좋았을 텐데 싶다. 순전히 그 신발을 신고 축구를 하고 싶다는 것 때문에.

지금의 엄마는 절대로 디저트를 먹지 않는다. 예전엔 두 번씩도 먹곤 했는데.

"다음 달 15일은 괜찮니? 그 날은 수요일이구나."

엄마는 내 오른쪽 뺨에 입을 맞추며 작별인사를 했다. 그 때마다 난 늘 궁금했다. 엄마는 대체 왜 이런 무의미한 만남을 계속하는 것일까……

수학 시험이 있는 날이다. 난 복습을 하지 못했다. 가슴이 콱 막히고 배가 살살 아파오는 것 같았다. 우리 교실은 4층에 있다. 나는 3층까지 올라갔다가 멈췄다. 5분 후면 시작종이 울릴 테지. 줄리아나가 나를 쳐다보지도 않고 내 앞을 지나갔다. 그녀는 계단을 한 번에 두 개씩 뛰어 올라갔다. 하지만 난 뒤로 돌아서 걸었다.

자전거를 보관해 두는 곳에 이르렀을 때 수업종이 울리기 시작했다. 난 그 소리를 무시하고 스쿠터에 올라탔다. 그리고 목적지도 없이 출발했다.

난 지금 나도 모르는 곳을 향해 간다. 수학시험을 보고 있는 그 시간에 무작정 떠난다. 오전시간이 거의 다 지나가고 있는 사이에 난 어디론가 간다. 하루라는 시간이 흘러가고 있는 동안…… 난 그렇게 어딘가로 가고 있었다.

국도를 탔다. 우리 지방에서 가장 번화한 대도시는 700 킬로미터 떨어진 곳에 있었다. 문득 줄리아나의 모습이 떠올랐다. 그 애는 어른처럼 옷을 입는다. 스커트를 입는다. 우리 학교에서 그렇게 옷을 입는 여자애는 줄리아나를 빼고는 아무도 없다. 우리 학교 여자애들은 모두 바지를 입었다. 어쩌다 대담하게 스커트를 입을 때도 언제나 밑에 바지를 입었다.

난 주유소에서 멈췄다. 타이어에 공기를 넣은 뒤에 치킨 샌드위치와 캔 콜라 하나를 샀다. 그런 다음 스쿠터를 타고 국도에서 갈라져 나온 작은 도로로 들어섰다. 다른 길로 이어지지 않고 숲으로 이어지는 도로였다. 숲 근처에서 멈췄다. 스쿠터에서 내려 숲 속으로 뻗은 오솔길로 걸어들어갔다. 그리고 적당한 곳을 찾아 자리를 잡고 샌드위치를 먹었다. 콜라를 마셨다. 11시. 언젠가 물리수업 교실에서 내 책상 위에 펠트펜으로 그 애의 이름을 쓴 적이 있다. 줄리아나. 그때 왜 그 애의 이름을 썼는지 나도 모르겠다. 솔직히 말해 내가 좋아하는 타입도 아닌데…….

오솔길을 따라가자 강이 나왔다. 난 강가에 앉았다. 물 속에 조약돌을 던졌다. 계속. 시간은 천천히 흘러갔다. 아주 천천히. 아무래도 수학시험을 다시 봐야겠지. 아빠에게

는 스쿠터가 고장이 나는 바람에 곧장 정비센터로 갔다고
말할 참이다. 수리하는데 예상보다 시간이 훨씬 많이 걸렸
다는 말도 할 것이다. 그러면 아빠는 학교 선생님에게 결석
해서 미안하다는 사과의 편지를 써줄 것이다.

그때 난 거실 바닥, TV 바로 앞에 앉아 있었다. 그리고 축구경기를 시청하는 아빠와 엄마와 손님들을 바라보고 있었다. 그러다 갑자기 벌떡 일어섰다. 그리고 스크린에 나타난 월드컵 결승전의 축구공 위에 내 작은 손가락을 올려놓았다. 내 인생에서 처음으로 축구공을 만져본 순간이었다. 스크린 위로. 그때가 막 두 돌이 지났을 무렵이었던 것 같다. 그 모습을 본 아빠가 다음날 아침 곧장 가게로 가서 축구공을 사주었다고 한다. 아기들을 위한 가짜 공이 아니라, 가죽으로 된 진짜 공을.

그 날 이후로 우리 집에는 언제나 축구공이 있었다. 축구공은 냉장고나 텔레비전이나 전화기처럼 우리 집의 필수품이 되었다.

난 오랫동안 혼자 훈련을 했다. 집에서 의자들 사이로 드

제르마노 줄로

리블을 하며 다녔고, 두 발로 공을 몰면서 아파트 계단을 오르내렸으며, 지하 주차장에서 유명 선수들의 폼을 흉내 내곤 했다. 그리고 밤이면 공을 껴안고 잠이 들었다. 내게 있어서 공은 다른 아이들이 잠잘 때 안고 자는 인형이었다.

나는 공부할 때도 손에 공을 들고 공부했다. 공 없이는 공부가 되지 않았다. 그래도 난 제법 장래성이 있는 녀석이었다. 그런 내가 지난번 쿠퍼 테스트(체력 측정 테스트. 12분 동안에 2,700미터를 주파해야 한다)에서 꼴찌를 하고 말았다. 테스트 내내 숨이 차서 거의 죽을 뻔했다. 이유는 모른다. 허파가 바짝 말라버린 기분이었다. 목구멍에서 피 냄새가 났고, 심장이 머릿속에서 쿵쿵 뛰었다. 머리가 금방이라도 폭발하기 직전이었다.

"그렇게 빌빌댈 거면 집에 처박혀서 똥이나 싸고 있지, 여긴 대체 뭣하러 나온 거야!"

코치의 말에 모두들 배꼽을 잡고 웃었다. 새 골키퍼 파브리스가 내게 묘한 눈길을 던졌다.

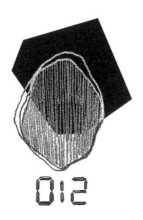

012

더비 경기가 있는 날이었다. 우리 팀은 네 번 연속해서 생 로베르 팀을 이긴 상태였다. 코치들은 이 상승세를 계속 이어가고 싶어 했다.

시합이 시작된 지 얼마 되지 않았을 때였다. 내가 상대의 공을 빼앗아 우리 편에게 차주려는 순간 갑자기 발이 꼬여 버렸다. 때문에 상대 선수가 다시 공을 빼앗아 우리 골대 쪽으로 차는 것을 막지 못했다. 롱슛! 공은 크로스바를 때리고, 이어서 상대팀 공격수의 이마를 맞혀버렸다. 스코어 0:1. 난 순식간에 자신감을 상실하고 말았다. 실은 쿠퍼 테스트를 할 때부터, 아니 머릿속에서 심장이 뛰기 시작한 바로 그 순간부터 자신감을 잃었다고 생각한다. 아니, 그보다 훨씬 전에 잃어버렸다고 해야 한다. 지난 시즌이 끝날 무렵, 그러니까 챔피언십의 마지막 날과 새 시즌이 시작된 첫

날의 훈련, 그 사이 어디쯤일 것이다. 분명한 것은 내가 어느 시점에선가 자신감을 잃었다는 사실이다. 왜, 어떻게 그렇게 되었는지는 나도 모른다.

난 수비형 미드필더로, 조금 특별한 역할을 맡고 있다. 내 위치는 미드필더와 수비수 사이에 있는 라인의 중앙이다. 우리 팀의 전열은 4-1-3-2(수비수 4, 절반 수비수 1, 미드필더 3, 공격수 2)인데, 주니어 팀으로서는 세련된 전열이라 볼 수 있다. 내 역할은 패스하는 상대의 볼을 빼앗아서 우리 편에게 차주는 것이다. 나는 주로 중간수비수에게 공을 차주는 일을 한다. 그러면 공을 받은 수비수들이 알아서 필요한 곳으로 공을 보낸다. 평소의 나는 상대팀으로부터 공을 빼앗는 횟수가 아주 많은 선수였다.

나는 전반전 시합 내내 이 치명적인 실수를 만회하려고 무척이나 애를 썼다. 그러다 보니 직감에 따르지 않고, 시종일관 초보선수처럼 공만 보면 무조건 달려드는 실수를 범하게 되었다. 상대 선수들은 아주 쉽게 나를 제치고 공을 몰았다. 두세 번인가 공을 빼앗은 적도 있지만, 그때마다 나는 훨씬 쉽고 영리하게 공을 찰 수 있는데도 불구하고 아주 멀리, 아주 화려한 슛을 쏘려고 욕심을 내고 말았다. 덕분에 쓸데없는 실수가 계속 이어졌고, 끝내는 옐로카드까

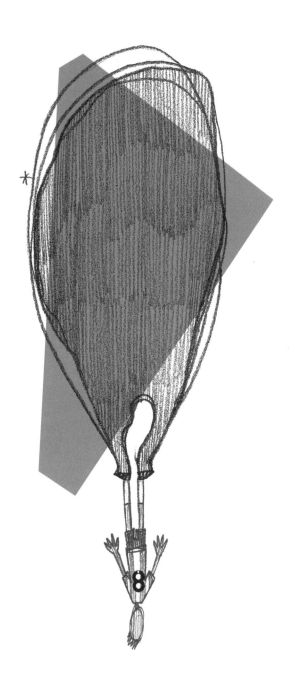

제르마노 줄로

지 받고 말았다.

마음이 급했던 나는 전열에서도 이탈하여 평소보다 훨씬 위쪽으로 올라가 버렸다. 미드필더들의 라인 깊숙이까지. 그래서 우리 시스템에 혼란을 초래하기까지 했다.

결국 나는 하프타임에 호된 불벼락을 맞았다. 코치들에게서만 불호령을 들은 것이 아니다. 수비수들과 그 멍청이 같은 자식 파브리스까지 포함해 모든 팀원들로부터 욕을 얻어먹어야 했다. 그러자 점점 두려워지기 시작했다. 더 이상 실수를 해서는 안 된다. 내 위치를 지키고, 상대팀을 감시하는 것에만 신경 써야 한다. 그러다 보니 더 이상 자발적인 움직임이 나오지 않았다. 공을 빼앗아 차야 할 때도 실수할까 겁이 나서 이리저리 피하기만 했다.

우린 결국 0:2로 패했다. 생 로베르 팀이 팀순위에서 우리를 앞지르고 말았다.

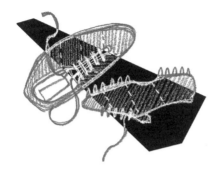

그 다음 주에는 무거운 분위기에서 훈련이 계속되었다. 본래 패배란 것이 결코 유쾌할 수 없는 것이지만, 생 로베르에게 패했다는 것은 더욱 심각하고 우울한 사건이다. 말로는 생 로베르와의 친선경기라고 했지만, 그것은 결코 친선경기가 아니다. 그 팀과의 경기는 언제나 죽기 살기로 덤벼드는 경기다. 두 팀 사이의 경쟁은 오랜 역사를 갖고 있다. 생 로베르 팀은 우리의 이웃인 동시에 몹시 껄끄러운 적이다. 우리 도시 사람들은 가끔 유명한 축구경기는 놓치더라도, 생 로베르와의 경기만은 무슨 일이 있어도 놓치지 않았다.

월요일은 경기를 분석하는 날이었다. 코치들은 우리가 저지른 실수들을 폭넓게 검토했다. 말은 안 했지만, 모든 실수의 원인은 단 하나, 내게 있었다고 지적하는 눈치가 역

력했다. 물론 코치들은 전열을 지키고, 거기에 집중할 것을 강조했다. 하지만 나는 팀원들의 눈에서 나를 향한 원망의 마음을 읽었다. 생 로베르 팀에 있다가 우리 팀으로 온 아이들 세 명은 다른 아이들보다 더 나를 못마땅하게 여기고 있음이 분명했다. 본래의 팀을 버리고 떠나온 그들로서는, 말할 것도 없이 첫 번째 시합에서 승리하여 자신들의 선택이 옳았음을 증명하고 싶었을 것이다.

파브리스는 내게 모욕을 줄 기회를 놓치지 않았다. 그는 기분 나쁜 이상한 눈길을 계속 내게 보냈다. 난 그 눈길이 정확하게 무엇을 의미하는지 몰랐다. 다만 모든 나쁜 감정들이 몽땅 섞여 있다는 것만은 느낄 수 있었다. 그는 아무렇지 않은 척하면서 나를 툭툭 치며 지나가곤 했는데, 사실 그보다 더 기분 나쁜 것은 없다. 게다가 내가 인사를 하려고 손을 내밀면 그는 즉시 몸을 돌려버렸다. 문 앞에서도 내가 자기 뒤에 있다는 것을 분명히 알면서도, 마치 나를 보지 못한 것처럼 떡하니 가로막고 서서 내가 지나가지 못하게 했다.

슈팅 연습을 할 때도 골키퍼인 그 녀석은 내게만은 절대로 공을 던져주지 않았다. 내가 직접 골대의 그물 안으로 들어가 찾아가게 하거나, 아니면 내가 있는 방향의 정반대 쪽으로 멀리 차버리곤 했다. 한 마디로 그는 나를 완전히 무시했다. 투명인간처럼.

나는 일주일 내내 빌빌댔다. 평소의 실력이 전혀 나오지 않았다. 솔직히 나는 그곳, 운동장에 있는 것이 더 이상 조금도 즐겁지 않았다. 예전 같았으면 우리 집처럼 마음이 편한 곳이었는데…….

이제 축구는 고역이 되어버렸고, 학교도 마찬가지다.

훈련이 끝나는 금요일, 코치들은 내가 다음 번 시합 때 참가자 명단에서 빠질 거라고 알려주었다. 그것은 한 게임을 말하는 것일 수 있지만, 한 시즌 전체를 말하는 것일 수도 있다. 코치들은 그것이 순전히 내게, 나의 의지에 달려 있다고 분명히 말했다.

　우리 반 독일어 선생님은 수업을 제대로 하지 못한다. 학생들 사이에서 조금도 권위를 행사할 수 없었다. 그런 상황은 한 주, 한 주 지나갈수록 점점 악화되더니, 이제는 아무도 수업을 들으려고 하지 않고, 각자 자기가 하고 싶은 일을 했다. 완전히 난장판이었다.

　그래도 선생님은 학생들에게 주의를 주는 법이 없었다. 무슨 일이 일어나도 선생님은 묵묵히 혼자만의 수업을 이끌어갔다. 허공에 대고 이야기하는 것이다. 잔뜩 주눅이 든 선생님의 목소리는 자꾸 기어들어가 잘 들리지 않았고, 두 눈은 실망으로 젖어 있었다.

　오늘은 아이들이 친구들의 가방을 창문 밖으로 던지는 장난까지 했다. 자기 가방이 밖으로 던져진 아이들은 3층의 계단을 내려가 가방을 주워서는 선생님 코앞에서 욕설

을 내뱉으며 교실로 들어왔다. 이 장난은 점점 심해졌고, 종이 울리고 나서야 끝이 났다.

그 장난에 끼어들지 않은 사람은 단 세 사람뿐이었다. 시몬과 줄리아나와 나. 시몬은 워낙 학교 공부를 좋아하는 아이이기 때문이다. 줄리아나는 줄리아나이기 때문이다. 그리고 나는 독일어 선생님의 절망감을 보며 우리의 행동이 너무 부끄럽다는 생각이 들었기 때문이다.

난 줄리아나가 이 모든 일을 어떻게 생각하고 있는지 모른다. 한 번도 그녀와 말을 해본 적이 없다. 사실 나는 여기, 학교에서 누군가가 줄리아나와 이야기하는 것을 한 번도 본 적이 없다. 내가 아는 것은 그녀가 이탈리아인이라는 것과 파스렐 가에 살고 있다는 것뿐이다. 꼭 한 번 시내에서 그 애를 본 적이 있다. 상트랄 광장을 건너고 있었다. 그뿐이었다.

내가 또 한 가지 알고 있는 것이 있다면, 줄리아나가 우리들 세상에 속해 있지 않은 소녀라는 것이다. 줄리아나는 딴 세상에서 온 사람이었고, 계속 그곳으로 돌아가고 싶어 했다.

　어렸을 때, 그러니까 초등학교 시절에 우리 남자애들은
모두가 로랑스와 로랑스를 좋아했었다. 우리 학교에는 금
발의 로랑스와 갈색머리의 로랑스가 있었는데, 금발을 로
랑스 A라고 부르고, 갈색머리를 로랑스 B라고 불렀다.

　난 금발의 로랑스를 더 좋아했지만, 다른 남자애들처럼
그날그날의 기분에 따라 생각이 수시로 바뀌곤 했다. 금발
과 갈색머리는 늘 같이 붙어 다녔다. 그러다 갈색머리가 부
모와 함께 이사를 가버렸다. 북부의 작은 도시로 간다고 했
다. 하지만 금발은 지금도 이 도시에 살고 있다. 학교는 다
르지만. 우린 길에서 마주쳐도 인사도 하지 않는다. 더군
다나 내가 그 애에게서 관심이 없어진 지는 벌써 오래 전
일이다.

　오늘 나는 줄리아나와 눈이 마주치자, '안녕' 하고 인사

를 했다. 그 애도 '안녕' 하며 내게 인사를 했다. 난 다른 말도 하고 싶었지만 뭐라고 해야 할지 생각이 나지 않았다. 어떻게 하면 그녀를 기쁘게 할 수 있는지 난 전혀 모른다.

금발의 로랑스는 작년부터 여자애들 한 무리와 축구경기를 보러 왔다. 솔직히 그 여자애들은 남자애들을 보러 온다는 이유가 더 컸다. 그 애들은 대부분 팀의 멤버들 한 명씩과 데이트를 하고 있었다. 나는 로랑스가 마르코, 세바스티앵, 오마르와 차례로 데이트하는 것을 보았다. 지금은 마르코에게로 마음을 정한 듯했다.

하지만 나는 학교에서 훈련이 끝나고 밤늦게 스쿠터를 타고 집으로 돌아가다가, 그 애가 길가에서 다른 남자애와 입술을 꼭 붙이고 있는 모습을 자주 본다. 내 생각엔 생 로베르에 사는 남자애 같았다. 머리가 길고, 앞머리를 내린 남자애다. 축구를 하는 애는 아닌데, 우리 학교에 자주 오는 것을 보았다. 난 그 애들이 키스하는 것을 보면서 다른 로랑스, 그러니까 갈색머리의 로랑스 B를 떠올렸었다. 그 애는 어떻게 되었을까? 어쩌면 그 애도 북부 소도시 근처 어딘가의 길가에서 앞머리를 내린 긴 머리의 남자애랑 키스를 하고 있는 중일지도 모른다는 생각이 들었다.

아빠와 나는 17일 축제 때, 앵뒤스트리 가 19번지, 21번지로 초대를 받았다. 축제는 그 두 건물의 뒷문들이 향하고 있는 뒷마당에서 벌어졌다. 와마이가 바로 그곳, 19번지의 꼭대기 층에 살고 있다. 건물 정면에 작은 전구장식들이 반짝이고 있어서 축제 기분을 돋우었다. 뒷마당에는 한 그룹이 흥겨운 아프리카 음악을 연주하고 있었고, 예상보다 훨씬 많은 사람들이 북적이고 있어서 놀랐다.

아빠와 나는 마당 한가운데에 놓여 있는 커다란 테이블 위에 우리가 갖고 간 커다란 포레누아르(버찌 · 샹티이 크림을 넣은 초콜릿 과자)를 올려놓았다. 테이블 위에는 엄청나게 많은 음식들이 놓여 있었다. 이국적인 요리들이 대부분이었다. 우린 적포도주 한 병과 커다란 둥근 빵 두 개와 카망베르 치즈 다섯 덩어리도 올려놓았다.

그곳에는 아버지와 그 일당, 그러니까 아버지 회사의 사장과 동료들이 모두 가족들을 데리고 와 있었다. 와마이의 친구들과 다른 세입자들의 친구들도 있었다. 축제 기분을 내기 위해 자기 나라의 전통 복장을 하고 온 사람들도 있었다. 모두가 즐겁게 노래하고 신나게 춤을 췄다. 어린아이들은 마당 한쪽 구석에서 농구를 했다. 난 생강 주스를 세 잔이나 마시고, 요리를 두 접시나 먹었다. 첫 번째 접시에는 완두콩을 넣은 쇠고기 요리와 이집트 콩을 넣고 만든 고기만두를 잔뜩 담았고, 두 번째 접시에는 쌀을 넣은 생선요리와 쇠고기 튀김을 담았다.

와마이가 우리에게 베로니크를 소개시켜 주었다. 그녀는 난민구제사무소에서 일하고 있다고 했다. 와마이는 이곳에 온 직후부터 그녀의 도움을 아주 많이 받았다고 말했다. 와마이가 다른 친구들과 이야기하러 간 동안, 베로니크는 우리에게 와마이가 아주 큰 고통을 많이 겪었으며, 아마자신이 알고 있는 것보다 훨씬 큰 아픔을 당했을 거라고 말해주었다.

밤이 깊어졌을 때, 와마이가 내게 물었다. 자기 방의 테이블 위에 있는 양초 상자를 갖다 줄 수 있겠느냐고. 나는 곧 그의 원룸으로 올라갔다. 축제를 준비하느라 몹시 어질

러져 있었다. 반쯤 열린 벽장 사이로 통조림들이 보였다. 양배추 통조림들도 있었다. 그건 순전히 우리 아빠로부터 안 좋은 영향을 받은 탓이다. 테이블 위를 보니, 양초 상자 옆에 커다란 가족사진이 놓여 있었다. 지금은 모두 이 세상에 없는 사람들이다. 그리고 그 옆에는 사진소설들이 한 더미 쌓여 있었다. 난 와마이 같은 사람이 이런 종류의 책을 읽을 거라곤 전혀 생각하지 못했었다.

나는 와마이가 마당 주변을 빙 돌아가며 양초를 놓는 것을 도왔다. 그 일을 하는 동안 와마이는 내게 이 일이 귀찮지 않은지, 축제가 재미있는지 물어보았다. 나는 그렇다고 대답했다. 축제는 정말 멋졌다! 난 와마이에게 생강 주스가 아주 맛있어서 많이 마셨다고 말했다. 그는 만들기 아주 쉬운 주스라면서, 만드는 법을 가르쳐 주었다. 생강, 물, 설탕 그리고 레몬만 있으면 된다고 했다.

시간이 더 흘렀다. 아빠가 베로니크와 정치 이야기를 하고 있었다. 나는 초콜릿 케이크 자른 것을 먹었다. 사람들이 하나 둘 떠나기 시작하더니, 남은 사람이 얼마 되지 않았다. 그때 마당 한 구석에 혼자 있는 와마이가 눈에 띄었다. 그는 농구공을 가지고 갖은 묘기를 부리고 있었다. 그 모습을 본 나는 너무 깜짝 놀라서 죽는 줄 알았다. 그는 프로선수처럼 묘기를 부렸다. 프로 축구선수. 발과 뒤꿈치, 넓적다리, 엉덩이, 가슴, 어깨, 머리, 목덜미까지 온몸을 사용하고 있었다. 몸을 어찌나 편하게, 수월하게, 자연스럽게 움직이는지! 모든 동작에 균형이 완벽하게 잡혀 있었다. 공은 그의 몸에 자석처럼 붙어서 움직였다.

한참동안 공을 갖고 놀던 와마이는 어느 순간 농구대의 바스켓을 힐긋 쳐다보더니 눈 깜짝할 새에 공을 던져 넣었다. 철렁 하면서 공이 바스켓 그물 가운데로 내리꽂혔다.

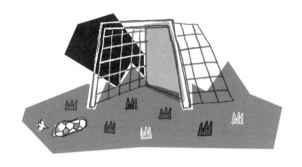

    내가 벤치에 앉게 된 이후로 우리 팀에게 패배는 없었다. 다섯 경기 중 네 번 무승부와 한 번의 승리. 물론 시즌 초에 겨냥했던 목표와는 너무 멀었다. 그나마 내게 유일한 위로라면, 코치들이 나를 대신할 선수를 아직 찾지 못했다는 것이다. 나만큼 수비라인 앞에서 많은 공을 빼앗을 수 있는 선수는 없었다.

    이제 우리 팀은 고전적인 4-4-2(수비수 4명, 미드필더 4명, 공격수 2명) 방식을 택하고 있었다. 이런 전술은 더 이상 인상적이지 못하다. 코치들은 후반전에 나를 세 번이나 왼쪽 하프백 위치에 투입시켰다. 그러나 난 여전히 자신감을 찾지 못했다. 경기장 안에 들어선 지 채 5분도 못 되어서 심장이 머릿속에서 마구 뛰기 시작했다. 쿵쾅쿵쾅! 어찌나 심하게 뛰던지 나는 더럭 겁이 났고, 곧이어 리듬이 느려졌다. 목구멍에서 피 냄새가 느껴지는 것도 점점 빈번해졌다.

나는 머리가 폭발할까 봐 무서웠다. 동맥이 파열될까 봐 겁이 났다. 안 그래도 요즘, 운동장에서 벼락을 맞아 죽은 젊은 프로선수에 대한 이야기가 많이 오르내리고 있는 판인데……

나는 더 이상 장래가 촉망되는 선수가 아니고, 준마도 아니다. 본래의 나는 사라지고, 나의 허깨비만 돌아다니는 것 같다. 그것은 코치들이 내게 하는 말이다. 내가 축구를 처음 시작할 때부터 함께 했던 오랜 친구 올리비에도 내 실력이 급격히 떨어졌다고 말해주었다.

내가 이런 실패를 맛본 후부터, 내가 생 로베르와의 게임에서 엄청나게 실수를 한 후부터, 또 내가 대체선수가 된 후부터, 파브리스가 우리 팀의 새 주장이 된 후부터, 그래서 그 녀석이 내가 맘에 안 든다는 것을 다른 아이들 앞에서 노골적으로 표시를 한 후부터, 난 선수로서 맨 꼴찌의 서열에 있게 되었다. 뿐만 아니라 동료로서의 서열에서도, 친구로서의 서열에서도 제일 꼴찌로 밀려났다. 몇 주 전까지만 해도 난 그들의 친구였다. 그들과 함께 지난 챔피언스 리그에 대해 의견을 나누고, 힘든 훈련과 승리와 패배의 기분을 함께 나누는 것이 즐거웠다.

그런데 이제는, 씁쓸하지만 이곳에서 내가 할 일이 아무 것도 없다는 생각이 들었다.

난 클럽을 옮기는 것에 대해 진지하게 생각해 보았다. 그러나 그보다 더 나은 방법은 아예 축구를 그만두는 것이다. 모든 것이 아주 빨리 진행되었다. 이제…… 끝이다.

누군가 길을 건너려고 내 앞으로 뛰어나갔다. 내가 아는 사람 같았다. 아, 파스칼! 그 애의 얼굴은 똑똑히 알아볼 수 있었다. 하지만 그 외에는……. 그의 이름을 불렀다. 그가 뒤를 돌아보았다. 역시 그였다. 바로 그 애였다. 나는 그에게 손을 흔들어 인사를 했다. 그는 대답을 하지 않고, 역으로 향하는 경사진 보도를 따라 내려갔다. 아마도 내가 모자를 쓰고 있어서 알아보지 못한 것일 테지.

엄마가 라 쿠론 식당에서 기다리고 있을 것이다. 벌써 20분이나 늦은 시간이다. 안 됐지만, 할 수 없지. 난 스쿠터를 인도 위에 주차시키고, 급히 파스칼을 뒤쫓아갔다.

그 아이를 거의 따라잡은 순간, 갑자기 의문이 떠올랐다. 그에게 뭐라고 하지? 안녕, 파스칼. 잘 지냈니? 요즘은 어떻게 지내? 아직도 그때 일을 생각하고 있는 거니? 우리가 샤워실에서 네게 췄던 모욕을 기억하고 있는 거야? 있잖아, 사실 난 그러고 싶지 않았어. 순전히 다른 애들 때문이었어. 난 그냥 얼떨결에 그 애들 틈에 끼었던 것뿐이야. 나도 어쩔 수 없었어. 나도 정말 유감이라고 생각해. 정말이야. 많이 후회하고 있어. 미안해, 파스칼. 날 용서해 줄래? 그리고 말이야…… 실은…… 이번엔 그 애들이 날 걷어차려고 하고 있어…… 이제 난 그 애들 편이 아니야.

파스칼이 내 앞에서 약간 등을 구부린 채 걷고 있었다. 흔들거리는 팔 끝에 골키퍼의 어마어마한 손이 매달려 있었다. 낡은 군화, 여기저기 구멍이 뽕뽕 뚫린 스코틀랜드천의 청바지, 배지들이 잔뜩 붙어 있는 검은 가죽점퍼……. 그는 원래 금발이었는데, 지금은 붉은색으로 물들이고 닭벼슬 모양의 펑크스타일로 바꾸었다. 빨간색의 멋진 닭 벼슬 머리.

파스칼은 역 앞에서 친구들을 만났다. 작은 무리였다. 네 명의 남자애들과 두 명의 여자애들. 그들은 담배를 피우면서 캔 맥주를 마시고 있었다. 지나가는 행인들에게 겁을 주려 하는 것 같았지만, 그들을 무서워하는 사람은 아무도 없는 듯했다.

난 그냥 발걸음을 돌렸다. 길을 건넌 후에 스쿠터에 올라

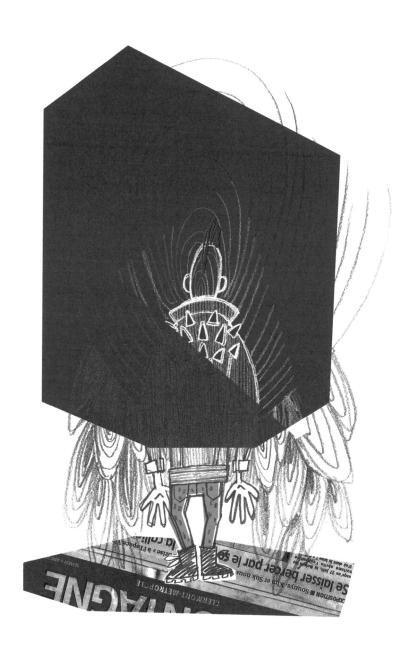

탔다. 그리고 그 자리를 떠났다. 어디로 갈지 목적지도 정하지 않은 채. 엄마가 나를 기다리고 있는 레스토랑이 아닌 것만은 확실했다. 멍한 표정으로 앉아 있던 엄마가 무심한 표정으로 일어나 내 오른쪽 뺨에 입을 맞추고, 계절 샐러드를 주문하고, 상세르 포도주 반 병을 마시면서 어떻게 지내니, 네 아빠는 안 물어봐도 여전히 똑같겠지 라고 말한 다음, 엄마의 슈퍼맨에 대해 기나긴 독백을 늘어놓게 될 그곳으로는 절대 가지 않을 것이다. 절대로. 이제 더 이상 갈 생각이 없다.

　교장 선생님이 학부모들을 소집했다. 가장 큰 이유는 독일어 수업 때문이었다. 교장 선생님은 학부모들에게 우리의 학습태도를 알려줬다. 대략 이런 뜻의 말을 했음이 분명했다.

　"복잡하게 말할 필요 없겠지요. 한 마디로, 내가 학교에 재직한 이래 이렇게 힘들고 이렇게 제멋대로인 학급은 본적이 없습니다."

　그러고 나서 교장 선생님은 개별면담을 했다. 아마 우리 아빠에게는 이런 말을 했을 것이다.

　"사실 이 아이는 나무랄 데가 없는 학생이에요. 그런데 요즘은 확실히 다른 데 정신이 팔려 있는 것 같아요. 성적을 보시면 아버님도 수긍하실 겁니다. 아무래도 올해 낙제할 것 같군요."

　태어나서 지금까지 아빠가 그 정도로 화를 내는 것은 한 번도 본 적이 없었다. 아빠가 그토록 화를 낸 것은 내 태도와 성적 때문이기보다는, 내가 아빠의 맹목적인 신뢰를 배신한 것 때문이라고 생각한다.

　아빠가 말했다.

　"이렇게 되기까지 아무 말도 하지 않았다니, 너도 네 엄마랑 똑같구나. 모든 걸 다 너 혼자 떠안고 고민하려고 했단 말이냐!"

그 말에는 어느 정도 진실이 없지 않았다. 비록 나 자신도 그것이 쉽진 않았지만…… 나는 축구 때문이라고 말했다. 난 지금 슬럼프를 지나고 있는 중이다, 이제 우리 팀 안에 내 자리는 없다, 난 축구를 하는 것이 더 이상 즐겁지 않다, 그래서 그만둘 생각까지 하고 있다……. 엄마 때문이라는 말도 했다. 더 이상 엄마와의 약속장소에 나가고 싶지 않다, 엄마는 지난번에 내가 나타나지 않았는데도 별로 걱정을 하지 않았다, 다만 〈다음 달 14일에 만나자〉라는 문자만 남겼을 뿐이다, 난 답장을 보내지 않았다…….

아빠는 아빠가 알아야 할 또 다른 문제가 있는 거냐고 물었다. 나는 없다고 대답했다. 아빠는 그럼 내가 모든 것을 포기하고 나면 뭘 할 생각이냐고 물었다. 마치 이 성적으로 학교를 졸업하고 나면, 축구를 그만두고 나면, 엄마를 포기하고 나면, 내게 더 이상 어떤 가능성도 없을 거라는 듯이. 난 뭔가 찾아볼 생각이라고 대답했다.

　아빠는 내가 대학교에 가길 원할 것이다. 내가 금융계에 종사하거나 기업에 취직하기를 바랄 것이다. 하지만 나는 내 가게를 차리고 싶다. 아빠는 포장상자 공장을 차리면 어떨까 하고 오래 전부터 말해왔다. 그래서 자금을 구하려고 필요한 서류까지 작성했었다. 그러다가 그 계획을 취소해 버렸는데, 그 이유는 나도 모른다. 분명한 것은, 내가 공장에서 일하는 것을 아빠가 원치 않는다는 것이다. 아마 적어도 전문기술자나 건축가가 되기를 원할 것이다. 그러면서 또 한편으로는 프로 축구선수가 되길 원할 것이다. 아빠는 내가 고학력의 프로 축구선수가 되길 원할 거라는 생각이 든다.

　난 내 자신이 뭘 원하고 있는지 잘 모른다. 아무튼 대학에 가는 것만은 분명하게 아니다. 사업가도 아니고, 은행직

원도 아니다. 포장상자 공장의 사장이 되는 것은 더더욱 아니다. 내가 정말 하고 싶은 일이 있다면 그것은 여행일 것이다. 지구 곳곳에는 내가 꼭 가보고 싶은 오지들이 있다. 특히 가고 싶은 여행지들의 이름을 대라면, 미시시피, 아마존, 잔지바르, 톰북투, 울란바토르, 싱가포르, 몬테비데오…… 등등이다. 그리고 내가 직업을 선택한다면, 아마도 식당 안에서 얻지 않을까…….

　토요일이다. 파스렐 가에서 벼룩시장이 열리는 날이다.
난 줄리아나의 집 근처로 가서 어슬렁거리는 것이 좋겠다
고 생각했다. 그러면서 줄리아나도 벼룩시장에 구경하러
오면 정말 좋겠다고 생각했다. 그러면 우린 헌옷 가게 진열
대 앞에서 우연히 마주치게 될지도 모른다. 그러면 서로 인
사를 하고, 뭘 사러 왔는지 물어볼 수 있겠지. 그러면 줄리
아나는 그냥 한 바퀴 돌다 보면 머리가 맑아지는 것 같아서
매주 토요일마다 산책하는 기분으로 나온다고 대답할 테
지. 그러면 나는 아빠의 생일 선물로 뭔가 특별한 게 있을
까 싶어서 왔다고 말할 것이다. 그러면 그녀는 재미있고 귀
여운 물건들이 많은 아주 멋진 가게를 하나 알고 있다고 말
할 테지. 틀림없이 그 가게에서 아빠에게 드릴 선물을 찾을
수 있을 거라는 말도 덧붙일 테지. 그러면 우린 그 가게로

가서 아빠의 선물을 고를 수 있을 것이다. 아마도 개구리 머리 모양의 끔찍한 동전지갑 같은 것을 고르게 될 것이다. 아빠는 이상하고 흉측하게 생긴 것은 뭐든 좋아하니까. 그 것을 사고 나면 줄리아나가 오늘 저녁에 뭘 할 거냐고 내게 묻겠지. 그럼 난 아무 계획도 없다고 말한 뒤에, 함께 영화 보러 가지 않겠느냐고 물을 것이다. 어떤 영화든 상관없 다. 그러면 우린 함께 영화관으로 갈 것이다. 그리고 커다 란 팝콘 봉지를 들고서 어둠 속에 나란히 앉을 것이다. 그

런 다음, 그녀를 집까지 데려다 줄 것이고, 그녀가 집에 들어가기 전에 우린 아파트 입구에서 키스를 할 것이다. 마치 오래 전부터 하고 싶었던 것처럼, 아무 말이 필요치 않은 그런 키스를 할 것이다.

난 벼룩시장을 세 바퀴나 돌았다. 아주 천천히, 천천히. 줄리아나는 그림자도 비치지 않았다.

나는 아빠의 생일선물로 개구리 머리가 달린 끔찍한 동전지갑을 살까 말까 망설였다. 그것은 바지 주머니 속에 쏙 들어가고, 머리만 밖으로 빼꼼히 나오도록 만들어져 있었다. 개구리 머리는 흉측하기만 한 것이 아니라 아주 사실적이었다.

한참 망설이고 있던 내게 『몬테카를로』라는 제목의 이탈리아 사진소설 무더기가 눈에 들어왔다. 나는 맨 위에 있는 책을 뒤적거려 보았다. 키스 장면들이 무려 세 페이지에 걸쳐 나와 있었다.

와마이 집의 벨을 눌렀다. 그는 나를 보고 무척 반가워했다. 내가 문지방도 넘어서기 전에 그는 내게 뭘 마시겠느냐고 물었다. 그는 맥주 두 병을 땄고, 우리는 건배를 했다. 그러고 나서 내가 비닐봉지를 내밀었다.

"아저씨께 드리는 선물이에요. 우연히 찾은 건데, 아저씨가 좋아할 수도 있겠다는 생각이 들었어요."

와마이는 비닐봉지 안에 들어 있는 것이 『몬테카를로』시리즈라는 것을 알고는 금방 눈물을 글썽거렸다. 그는 오랫동안 나를 꼭, 아주 꼭 껴안았다. 그리고는 자신의 감정이 너무 북받쳐서 미안하다고 말했고, 난 괜찮다고 말했다. 우린 식탁에 마주 보고 앉았다. 와마이는 말없이 책들을 뒤적거리더니, 눈에서 떨어지는 눈물을 손으로 훔쳤다.

난 당황스러웠다. 내 선물이 확실히 그를 기쁘게 해준 듯

했지만, 그의 반응이 좀 지나치다는 느낌이 들었다. 그냥 문 앞에서 짤막한 말과 함께 봉지만 전해주고 돌아서야 했는데…….

와마이는 마치 옛 추억으로 가득한 앨범을 들춰보듯이 그렇게 정성스럽게 책들을 펼쳐보았다. 연달아 나오는 로맨틱한 키스 장면들이 그로 하여금 이 땅에서 사라진 가족들을 떠올리게 해주었을까? 그가 책상 위의 가족사진 옆에 사진소설 책들을 쌓아둔 것도 아마 우연은 아닐 것이다.

난 뭔가 할 말을 찾으려고 애썼다.

"이탈리아어로 씌어 있어서 좀 유감이네요."

"아, 난 이탈리아어를 잘 한단다." 와마이가 대답했다.

"어, 그래요?"

"그래. 이탈리아어를 공부했거든. 영어와 스페인어도. 난 언어에 소질이 있는 편이야."

그러고는 말없이 계속 책들을 뒤적거렸다. 그의 눈이 점점 더 빛이 나기 시작했다. 이제 눈물은 흘리지 않았다. 난 그 앞에서 맥주병을 홀짝거렸다.

"고맙구나." 드디어 와마이가 말했다. "정말 너무 멋진 선물이야."

"아저씨가 사진소설을 좋아하신다니 좀 웃겨요."

"왜?"

"모르겠어요. 음…… 이런 책은 여자애들이나 좋아하는 거잖아요."

"넌 러브스토리를 좋아하지 않니?"

"좋아해요, 하지만 이런 스타일은 아니죠."

"그럼 어떤 러브스토리를 좋아하는데?"

"어, 그건 잘 모르겠네요."

"너, 사랑하는 여자친구가 있구나?"

"아뇨, 아니에요……. 음…… 글쎄요."

"자, 말해보렴. 이름이 뭐지?"

"줄리아나."

"이탈리아 아이로구나?"

"네."

"그 애는 네가 좋아한다는 걸 모르고?"

"네."

"네가 그 친구에 대해서 알고 있는 건 뭔데?"

와마이가 『몬테카를로』를 넘기면서 말했다.

"잘 생각해 보면, 그 애에게 좋아한다는 고백을 할 수 있는 좋은 아이디어가 떠오를 거야."

난 시간이 날 때마다 동네에서도 열심히 축구 연습을 했
다. 발에 땀이 나도록, 죽도록 연습했기 때문에, 그때마다
자신감이 되살아나는 듯한 기분이 들었다. 난 이제 예전의
재능 있는 축구선수로 돌아가기 위해, 나의 리듬, 나의 스
타일, 내 기량을 되찾기 위해 굳이 다른 것이 필요치 않다
는 것을 알았다. 아무것도. 살짝 시동만 걸어주는 것으로
충분했다. 내가 그 동안 침체에 빠졌던 것은 누구나 지나는
통과의례, 짧은 휴식, 태클을 경험했던 것뿐인지도 모른다.

우리 팀은 클럽에서 가장 실력이 낮은 아이들과 경기를
했다. 그들은 우리와 경기를 할 때면 매번 평균 3.6골을 먹
곤 했었다. 코치들은 이번엔 적어도 6골을 넣어야 한다고
우리에게 말했다. 우린 게임을 시작한 지 겨우 10분이 지났
을 때 벌써 2:0으로 이기고 있었다.

그때 나는 그들이 운동장 저 끝에서 오고 있는 것을 보았다. 아빠와 와마이, 그리고 베로니크! 그들은 나를 놀라게 해줄 심산이었다. 놀라게 해준다고?! 아빠가 생각해낸 아이디어가 분명했다! 사실 아빠는 내가 잘나갈 때는 한 번도 내 경기를 보러 올 시간을 내지 못했었다. 그런데 내가 축구를 포기하려 한다고 말하자, 오늘 친구들까지 몰고 나의 쪽팔리는 위업을 보러 온 것이다! 게다가 아빠의 위대한 아이디어의 숨은 의도는 그것만이 아니었다. 아빠는 새 동전지갑까지 자랑하기로 결심한 것이 분명했다. 불행하게도 내가 아빠의 생일선물로 주었던 바로 그 개구리 머리의 지갑을! 아빠는 그것을 바지 주머니가 아닌 셔츠 주머니에 버젓이 꽂고 있었다. 아주 눈에 띄는 그곳에.

아빠와 와마이와 베로니크가 내게 다가와 어깨를 두드렸다. 잠시 후에 내가 경기에 들어가 뛰는 것을 보게 될 거라고 확신한다는 표정으로.

전반전이 끝나자 우리 팀은 3:0으로 이긴 상황이었다. 따라서 코치들은 내 팬클럽의 소망을 충족시켜 주기로 마음먹은 것 같았다. 난 하프백의 위치로 가 있었다. 아빠와 와마이와 베로니크가 크게 소리를 지르면서 나를 응원하기 시작했다. 우리가 마치 월드컵 결승전이라도 치르고 있는 것처럼. 스코어는 여전히 변함이 없었지만, 아빠와 와마이와 베로니크에게 나는 그 동결된 점수를 해제시킬 수 있는 유일한 선수였다. 응원석에서는 그 세 사람의 소리밖에 들리지 않았다. 그러자 개구리 머리의 동전지갑도 가만히 있을 수 없었던지, 있는 힘을 다해 내 이름을 꽉꽉 개굴개굴하며 외치기 시작했다.

통과의례? 짧은 휴식? 태클……이었다고? 전혀 아니었다. 그 반대였다. 난 경기 내내 겁이 났다. 배까지 살살 아파올 정도로. 가족의 보호를 받는 병아리 축구클럽(11세 미만의 선수들로 구성된 축구클럽)의 꼬마들처럼, 내 나이에 겁을 내고 부끄러움을 느끼다니! 경기 종료를 알리는 벨이 울렸다. 점수는 내가 운동장에 들어오기 전과 똑같았다. 우리 팀의 기량은 후반전에 들어와서 눈에 띄게 떨어졌다. 나와 나의 팬클럽만 없었다면 시합 전에 세웠던 목표를 달성할 수 있었을 것이다. 난 파브리스, 그 자식이 탈의실에서 나 들으라고 아무렇지도 않은 표정으로 내뱉었던 그 짧막한 문장을 잊을 수가 없다.

　새 독일어 선생님이 왔다. 지난번 선생님은 병으로 휴가를 냈다고 한다. 교장 선생님은 그 선생님에게 사과의 편지를 쓰라고 우리 모두에게 명령을 내렸다. 우리 중 어떤 애들은 퇴학조치를 하겠다는 위협을 받았고, 6일간 근신 조치를 받은 아이들도 있었다. 나를 포함한 다른 아이들은 하루 근신의 경고를 받았다.

　새로 온 독일어 선생님은 시도 때도 없이 시험을 봐서 우리의 독일어 수준을 순식간에 올려놓았다. 우리를 달달 볶는 그 선생님의 수업방식 덕분에 평균 2.5점을 넘지 않은 학생은 한 사람도 없었다.

　내 경우에 특별히 진보를 보인 학과는 이탈리아어이다. 와마이가 내게 몇 단어를 가르쳐 주었다. 언젠가는 줄리아나에게 이탈리아어 문장을 말해서 그녀를 깜짝 놀라게 해주고 싶다. 사실 난 와마이의 그 전략을 별로 신뢰하지 않았다. 내 취향에 비춰 보건대, 그 전략은 약간 지나치다 싶은 『몬테카를로』식의 냄새를 풍겼기 때문이다.

난 줄리아나가 우리 학교 도서관에 자주 간다는 사실을 우연히 알게 되었다. 우리 학교 도서관이 시에서 가장 멋진 도서관들 중 하나라는 것은 실로 행운이 아닐 수 없다. 난 몹시 집중하고 있는 듯한 표정을 지으면서, 도서관의 선반 위에서 책을 찾는 척했다. 그러면서 줄리아나가 있는 쪽으로 슬며시 다가가자, 나를 본 그녀가 무슨 책을 찾느냐고 물어왔다. 난 손에 잡히는 아무 책이나 한 권 뽑아들고 보여주었다.

"어머나, 그거 정말 재미있는 책인데!"

그러면서 줄리아나는 수많은 책들과 작가들의 이름을 나열하기 시작했다. 그리고 내게 그런 책들도 읽었는지, 아니면 그 책들에 대해 들어보기라도 했는지 물었다. 난 그 책들의 상당수를 알고 있는 척했다. 그랬더니 그녀는 자신이 고른 책들을 내게 보여주었다. 모두 같은 저자의 책들이었다. 난 그 책들은 읽어보지 않아서 모른다고 말했다. 그녀는 그 작가의 삶에 대해, 그리고 그가 주로 다루는 주요 주제들에 대해 내게 이야기해 주었다.

그리곤 얼마 후에 너무 늦어서 가야겠다고 말했다. 그녀가 내게 작별 인사를 했고, 나도 그녀에게 인사를 했다. 그녀는 곧 총총 사라졌다.

나는 우리 학교에서 줄리아나가 누군가에게 그처럼 말을 많이 한 것은 아마 이번이 처음일 거라고 확신한다. 그리고 그 상대는 바로 나였다. 그녀의 이야기를 듣는 동안 난 왠지 좀 바보가 된 느낌이었다. 그러나 한편으로는 갑자기 성큼 자란 듯한 기분도 들었다. 단지 몇 분 만에 훨씬 더 성숙한 남자가 된 것 같은 기분이었다.

난 책 읽는 것을 싫어한다. 내가 읽는 책들이라고는 학교에서 꼭 읽어오라고 한 책들과 엄마가 아주 오래 전에 사줬던 세 권의 만화책 『땡땡의 모험』이 고작이다. 난 거의 1년에 한 번씩 그 만화책들을 다시 읽는다. 어떤 향수 같은 것이 느껴져서일뿐, 다른 의미는 없다.

내가 도서관에서 가져온 책은 『줄어드는 사나이』였다. 저자는 리처드 마테슨. 200페이지가 넘는 분량에 글씨도 아주 작았다. 하지만 난 그 책을 끝까지 읽기로 했다. 읽어야만 한다. 이번엔 학교 과제 때문이 아니다. 엄마가 아직 나의 엄마였을 때의 그 시간을 추억하기 위해서도 아니다. 이번엔 줄리아나를 위해서이다.

한 남자가 일광욕을 하고 있다가, 갑자기 알 수 없는 신비한 안개 속에 감싸인다. 그것은 아주 잠깐 동안에 일어난

일이었다. 그런데 별안간 그의 몸이 점점 걷잡을 수 없이 줄어들기 시작했다.

나는 그런 일은 절대로 있을 수 없다고 생각했지만, 어쨌든 꼬박 밤을 새우면서 그 200페이지를 모두 읽었다. 줄리아나의 말이 옳았다. 정말 굉장한 책이었다. 책을 읽는다는 것이 이토록 즐거운 일일 거라고는 한 번도 생각해 보지 못했다.

다음날 줄리아나는 학교에 오지 않았다. 그녀는 일주일 내내 결석을 했다. 난 그녀에게 『줄어드는 남자』에 대해 말하고 싶어서 일주일간 얼마나 초조했는지 모른다. 줄리아나를 다시 만나기를 기다리는 동안, 그녀가 말해줬던 또 다른 책들과 작가들의 이름을 기억해 내려고 애썼다. 그리고 도서관에 가서, 공상과학소설이 있는 코너에서 허버트 조지 웰스의 『타임머신』과 레이 브래드버리의 『화씨 451』을 빌려 왔다.

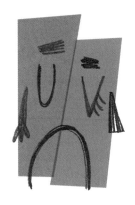

　아빠는 여자들 이야기를 자주 한다. 주로 아빠가 정기적
으로 만나게 되는 여자들에 대한 이야기다. 아빠가 다니는
회사의 회계원, 우체국 여직원, 빵집 아줌마, 그리고 아빠
가 아주 좋아하는 슈퍼마켓 계산원 등등. 아빠는 슈퍼마켓
에 가면 그 아가씨의 계산대에 아무리 사람이 많아도, 그리
고 다른 계산대가 아무리 텅텅 비어 있어도, 반드시 손수레
를 끌고 그 아가씨의 계산대 앞으로 가서 줄을 섰다.

　확신하건대, 아빠는 여자들을 대하는 데 있어서 약간 서
투른 사람이다. 예를 들어 아빠는 우스운 이야기를 하길 좋
아하는데, 그 이야기란 것이 슈퍼마켓 계산원이 듣기에는
한결같이 유치하고 낡고 썰렁한 것들뿐이다. 그래도 아빠
로서는 그것이 여자들의 환심을 사기 위한 유일한 전략이
었다. 하지만 난 사실 아빠가 그 어떤 여자에게서도 사랑을

느끼지 않는다고 확신한다. 직장의 회계원에게도, 우체국 여직원에게도, 빵집 아줌마에게도, 그리고 슈퍼마켓의 계산원에게도.

아빠는 종종 첫사랑이었던 마르틴의 이야기를 하곤 한다. 주근깨투성이에 붉은 머리를 가진 여자. 두 사람은 서로 뜨겁게 사랑했지만, 마르틴이 공부하기 위해 미국으로 떠나는 바람에 헤어졌다고 한다. 아빠는 그녀를 따라가길 원치 않았다. 미국에 관심이 없었기 때문이다. 아빠는 꼭 한 번 그녀를 찾아 만나봐야겠다는 말을 종종 한다. 하지만 나는 아빠가 절대로 그렇게 하지 않을 거라는 걸 알고 있다. 아빠는 마르틴 이야기를 하면서, 그녀야말로 아빠의 일생에서 가장 진실한 사랑이라고 말했다. 그것은 엄마가 지금 같이 살고 있는 남자에 대해 쓰는 표현이기도 하다.

엄마는 계속 라 쿠론 식당에서 만날 약속 시간을 문자로 보내왔다. 나는 답장을 하지 않았다. 하지만 엄마가 그곳에 와 있지 않기를 바라면서, 그리고 내가 이런 관계를 더 이상 원치 않는다는 사실을 엄마가 이해했기를 바라면서 몰래 약속장소로 가보았다. 스쿠터의 모터가 돌아가게 내버려 두고, 헬멧도 벗지 않은 채 나무 뒤에 몸을 숨기고 유리창 너머로 식당 안을 살펴보았다. 엄마는 여전히 그곳에

세상에서 가장 위대한 축구선수　　73

있었다. 늘 앉는 그 자리에. 웨이터가 반 병의 상세르 포도
주를 가져다주었다. 엄마가 시계를 들여다본다. 그리고 휴
대폰을 확인한다. 상세르 포도주를 한 모금 마신다. 유리
창으로 밖을 내다본다. 난 스쿠터에 다시 올라타고 집으로
돌아왔다.

아빠와 와마이와 베로니크, 세 사람이 만나는 횟수가 더 늘어났다. 세 사람은 종종 밤에 우리 집이나 와마이의 집, 혹은 베로니크의 집에 모여서 양배추 통조림 파티를 하곤 한다. 함께 영화를 보러 갈 때도 있다. 와마이는 우리 집에 오기만 하면, 줄리아나와 어디까지 진도가 나갔는지 슬그머니 물어보는 것을 잊지 않았다. 나는 그가 가르쳐 준 이탈리아어를 그녀에게 써먹을 기회가 아직 없었다고 대답한다. 그러면 그는 내게 여러 가지 방법을 제안해 주곤 하는데, 모두 사진소설 속에서 따온 아이디어이다.

난 와마이가 베로니크를 사랑하고 있다는 느낌을 받았다. 문제는 우리 아빠도 베로니크를 좋아하고 있는 것 같다는 점이다. 언제부터인지 아빠가 슈퍼마켓 계산원 아가씨에게 유치하고 썰렁한 농담을 더 이상 하지 않는다는 생각이 들었다. 개구리 머리의 동전지갑을 셔츠 윗주머니에 꽂고 다니는 것은 여전한데⋯⋯.

아빠가 엄마의 마음을 빼앗은 것은 말도 안 되는 이상한 넥타이를 매고 있었기 때문이었다고 한다. 그 넥타이 때문에 아빠가 오는 모습은 멀리서도 눈에 띄었다. 그날 아빠가 엄마를 만나서 했던 첫 마디는 이것이었다.

"염려 말고 마음 편히 가지세요."

그리고는 자기 넥타이의 문양이 고급 스파게티 접시에도 그려진 적이 있다며 넥타이에 대해 이야기했다. 그런 아빠에게 엄마가 했던 첫 마디는 "실례지만 파르마산 치즈 좀 건네주실래요?" 였다. 마르틴이 미국으로 떠난 지 3년 후 어느 날의 일이었다.

　나는 그녀에게 인사를 건넸고, 그녀도 내게 인사를 했다.
내가 먼저 말했다.

　"네 말이 맞았어. 마테슨의 작품은 정말 재미있더라."

　"그렇지? 다 읽은 거니?"

　"그럼, 그날 밤에 다 읽었지."

　"하룻밤 새?"

　"응. 지금은 『타임머신』을 읽는 중이야. 그 책을 다 읽으
면 『화씨 451』을 읽으려고 빌려다 놨어."

　"정말?"

　"응, 너도 그 책 읽었니?"

　"그럼. 읽어보면 너도 엄청 재미있다고 할 거야."

　"그런데 너, 그 동안 아팠던 거야?"

　"응, 독감에 걸렸었어……. 어, 수업시작 벨이 울린다."

『클레브 공작부인』*을 교재로 쓰는 두 시간짜리 프랑스어 수업이었다. 난 책에서 무슨 말을 하고 있는지 도통 이해할 수가 없었다. 새로운 독일어 선생님 시간에 예고 없이 평가시험을 보면서 또 두 시간이 지나갔다. 점심시간이 지나고, 다시 함수를 공부하는 수학시간과 세계화를 공부하는 역사지리 수업이 지나갔다. 그러는 동안 줄리아나와 다시 이야기를 해볼 틈이 나지 않았다. 나는 그 애를 바라보았다. 내 눈과 마주치자, 그 애가 내게 미소를 지었다. 나도 미소를 보냈다. 그것뿐이었다. 그녀는 다른 곳에 있었다. 그녀의 세계 속에. 너무 멀어서 내가 절대로 닿지 못할까봐 겁이 나는 그런 세계 속에.

『타임머신』에서 시간의 여행자는 802701년의 세계를 발견한다. 그 세계에서는 두 종류의 인간 종족이 살고 있었다. 낙원과 같은 땅 위에는 순수하고 태평하기만 한 엘로이 족이 아름다운 자연 속에서 살고 있고, 끔찍한 몰록 족은 햇빛을 견딜 수 없어서 지하 동굴 속에 숨어서 살았다. 몰록들은 밤에만 나와서 엘로이 족을 잡아먹고 살아간다. 시

---

* 『클레브 공작부인』 : 라파예트 부인이 1678년 익명으로 발표한 소설. 프랑스 궁정을 배경으로 이루어질 수 없는 사랑을 그린, 최초의 프랑스 문학 중 하나이다. 프랑스 심리소설의 원천이 되는 작품.

간의 여행자는 위나라는 이름의 엘로이 한 명을 보호해 주
게 된다.

　나는 하룻밤에 그 책을 다 읽었다.

수요일 저녁에 우리 팀은 결승전을 향한 준준결승 경기를 하기로 되어 있었다. 코치들은 프로팀이나 대학팀으로 갈 만한 선수들을 뽑는 사람들이 시합을 보러 올 거라고 알려줬다. 큰 축구클럽에서 나온 사람들이라고 했다. 우리로서는 자신의 기량을 증명할 수 있는 유일한 기회였다. 코치들은 우리 팀이라면 절반 이상이 그런 클럽에 들어갈 수 있다는 희망을 가져도 된다고 장담했다. 사실 우리 연령대의 선수들을 찾아오는 모집자들은 대개 뛰어난 기량을 가졌지만 성장할 가능성이 한정된 선수들보다는 앞으로 발전할 가능성이 더 큰 애들을 뽑는다.

난 우리 중에 그럴 만한 애들이 한 명도 없다고 확신한다. 우리 중에서 언젠가 프로선수가 될 만한 아이는 없다. 그러나 코치들은 우리 모두에게 기회를 주겠다고 장담했다. 그러면서 효율적이고 정확하고 단순한 게임을 해서 평소 이상의 실력을 발휘하라고 했다. 그러나 자신의 실력만 눈에 띄길 바라면서 경기하는 것은 금물이다. 우선은 팀이 시합에서 이겨야만 인정을 받을 수 있기 때문이다.

훈련을 하는 동안 우리의 흥분은 절정에 올랐다. 동료들은 온통 그 이야기뿐이었다. 줄곧 그 이야기만 했다. 회의적인 아이들도 더러 있긴 했지만, 대부분은 이미 유럽의 명문 팀에 들어가기라도 한 것처럼 들떠 있었다. 그들은 아직도 그럴 수 있다고 믿었다. 역사상 가장 위대한 축구선수가 되기를 꿈꾸던 어린 시절처럼, 지금도 그 꿈을 버리지 않고 있었다.

훈련이 끝나자, 코치들이 나를 좀 보자고 했다. 그들은 생 로베르 팀과의 경기 이후로 내게 개선의 여지가 보인다는 확신이 서지 않아 몹시 유감이라고 말했다. 심지어 실력이 점점 떨어지고 있다는 말도 했다. 그리고 경기 감각과 자신감이 떨어졌기 때문에, 팀에서 제외시킬 수밖에 없었다고도 했다. 하지만 사실상 우리 팀에서 큰 축구클럽에 들어갈 가능성이 있는 유일한 선수가 있다면, 그건 바로 나라고 했다. 아니, 나였다고 말했다. 예전의 나. 지난 시즌의 나. 그들은 지금의 상태로는 모집인들로부터 좋은 평가를 받을 희망이 전혀 없지만, 그러나 이번의 유일한 기회가 내 몸 어딘가에 숨어 있는 실력을 자극할 수 있을지도 모른다고 말했다. 그러면서 수요일 저녁에 4-1-3-2의 전술로 시합을 할 테니, 평소의 내 자리인 하프백의 위치에서 최선을 다해 뛰어보라고 말했다.

『화씨 451』에 나오는 전체주의 사회는 책을 몹시 위험한 것으로 여겼다. 책이 공공복지와 획일적인 사고방식을 해친다는 것이다. 그래서 소방대원들은 책들을 불태울 임무를 띠고 있었다. 화씨 451도는 종이가 불에 타는 온도를 말한다. 가이 몬태그는 열정적인 소방대원이다. 그는 책을 불태우는 일을 한다. 뿐만 아니라 책을 소유하고 있는 자들까지도 아무런 의구심 없이 불태워 버렸다. 그런 그가 어느 날 열일곱 살의 소녀인 클라리스 맥클리랜드를 만나게 된다. 그녀는 가이 몬태그의 확신과 세계관을 온통 뒤흔들어 놓는다. 가이 몬태그는 마침내 책들 안에 무엇이 들어 있는지 궁금해진다.

두 권의 다른 소설들을 읽을 때도 그랬듯이, 이번에도 나는 인물들에다 주변 사람들을 대입시켰다. 난 가이 몬태그

였고, 클라리스 맥클리랜드는 줄리아나였다. 난 하룻밤에 그 책을 다 읽었다. 바로 다음 날 영어 시험과 축구시합이 있는데도.

　금발의 로랑스도, 갈색머리의 로랑스도 아니었다. 그건 코린느였다. 그녀는 못생겼다. 그녀를 좋아하는 남자애는 한 명도 없었다. 어느 날 오후, 난 수업이 끝나고 초등학교 운동장에 혼자 있었다. 엄마를 기다리고 있는 중이었다. 그때 그녀가 다가오더니 내게 자기 입술에 뽀뽀를 해달라고 부탁했다. 내가 대답을 하지 않았더니, 그 애는 내 어깨를 두 손으로 잡고 강제로 내 입술을 훔쳐가려고 했다. 난 얼른 그녀를 밀쳐냈다. 그러자 코린느는 자기 팬티를 보고 싶지 않느냐고 물었다. 그리고는 순식간에 치마를 자기 얼굴 높이까지 벌렁 들어올렸다. 난 깜짝 놀라서 마구 뛰어 도망쳤다. 감히 뒤도 돌아보지 못했다. 작은 팬티를 입은 코린느가 그곳, 운동장 한가운데서 치마로 자기 얼굴을 가린 채 꼼짝 않고 서 있을 것이기 때문이다. 난 코린느의 작은 팬티가 빨간색이었다고 믿고 있다. 빨간색. 줄리아나의 운동복처럼 빨간색.

수요일 마지막 수업시간은 체조였다. 줄리아나는 운동에는 도통 소질이 없다. 어느 정도 소질이 없는 것이 아니라, 완전히 꽝이다. 어떤 종목에서든 1점도 얻지 못했다. 운동을 할 때면 줄리아나는 머리를 뒤로 모아 고무줄로 묶었다.

수업이 끝나자, 줄리아나는 체육관 입구에서 누군가를 기다리고 있는 것 같았다. 내가 가까이 가기 직전에 그녀는 묶고 있던 머리를 평소처럼 풀어내렸다. 그녀가 기다리고 있던 사람은 바로 나였다. 그 애가 물었다. 오늘 저녁에 음료수 한 잔 마실 시간이 있느냐고.

　성당 근처의 작은 골목에 있는 카페였다. 사이드 카페. 7
시였다. 축구시합은 한 시간 30분 후에 있었다. 난 맥주와
레모네이드를 섞은 파나셰를 시켰다. 손에서 땀이 났다.
줄리아나를 기다렸다.

　드디어 그녀가 왔다. 그녀가 '안녕' 하고 인사를 했다.
나도 '안녕' 하고 인사를 했다. 그녀는 늦어서 미안하다고
했다. 그리고 어떻게 지냈냐고 물었다. 난 잘 지냈다고 말
한 다음, 너는 어떻게 지냈냐고 물었다. 그녀는 자기도 잘
지냈다고 말하고, 오늘 영어 시험을 어떻게 봤는지 물었다.
난 못 봤다고, 아주 못 봤다고 대답했다. 그리고 어차피 난
낙제하게 될 거라고 덧붙였다.

　그녀는 커피를 주문했다. 우린 오랫동안, 아주 오랫동안
아무 말 없이 가만히 있었다. 아마 1분 정도가 그렇게 지나

갔을 것이다. 그녀가 나를 바라봤다. 나도 그녀를 바라봤다. 난 그녀가 나에 대해 어떻게 생각하고 있는지 궁금했다. 그녀에게 할 말을 한 마디도 찾지 못하고 있는 내가 바보처럼 느껴졌다. 그녀의 입에서 내가 알고 있는 이탈리아어 문장이 나와야 할 기회였다. 매력적인 미소를 보이면서 섹시하게 그 문장을 말하는 와마이의 얼굴이 머릿속에 떠오르고, 그 목소리가 들려왔다. 난 그런 매력을 뿜을 능력이 없는 것 같았다.

그때 줄리아나가 『줄어드는 사나이』를 읽고 어떤 생각을 했는지 물었다. 난 다른 두 권의 책, 『타임머신』과 『화씨 451』도 벌써 다 읽었다는 말로 이야기를 시작했다. 그리고 세 권 모두 무진장 재미있었다고 말했다. 『화씨 451』이 조금 더 재미있긴 했지만, 아주 조금일 뿐이고, 세 권 모두 너무너무 재미있었다고……. 그러자 줄리아나는 왜 그 책들이 좋았느냐고 또 물었다. 그 질문은 어려웠다. 뭐라고 대답해야 할지 몰랐다. 난 모르겠다고, 그냥 재미있고 좋아서 밤새도록 그 책들을 손에서 놓을 수 없었다고 말했다. 이야기와 주제 때문이었을 거라는 말도 했다. 다른 공간, 다른 시간에서 일어나고 있는 일들이란 것이 흥미로웠다고 말했다. 우리의 시공간과 영원한 평행을 이루면서 동시에 아주 가까운 곳에 있는 다른 차원에서, 그런 상상도 못한 일이 일어나고 있다는 사실이 신기했다고 말했다. 그리고 또 덧붙였다. 그것은 내가 좋아하는 장르다, 나는 공상과학소설을 좋아한다, 그것은 『클레브 공작부인』 같은 지루한 책과는 차원이 다르다……. 그러나 난 사실대로 그 책들이 내가 진짜로 읽은 첫 번째 소설들이었기 때문에 재미있었다고 말하는 편이 좋았을 것이다. 그 책들이 줄리아나, 네게로 인도해주는 길이기 때문에 좋았다고 말하는 편이 나았을 것이다.

줄리아나는 그 책들이 영화 시나리오로 만들어졌던 것을 알고 있느냐고 물었다. 나는 전혀 몰랐다고 대답했다. 그녀는 시네아트에서 공상과학 영화만 상영하는 특별행사를 주기적으로 실시하고 있다고 말해주었다. 최근에 그녀가 거기서 본 영화는 타르코프스키 감독의 〈솔라리스〉였다고 했다. 그리고 그것은 스타니스와프 렘의 매력적인 소설을 각색한 영화라고 했다. 그러면서 그 책은 도서관에 없으니까 자기 책을 빌려주겠다고 했다.

우린 커피와 파나셰를 한 잔씩 더 시켰다. 그러고 나더니 줄리아나는 좀 흥분한 것 같았다. 내게 여러 가지 주제에 대해 여러 가지 질문들을 해댔다. 그녀의 질문은 점점 더

제르마노 줄로

어려워졌다. 줄리아나는 내가 대답을 하지 못하자, 자신이 대신 대답을 해주었다. 그녀가 한 질문들은 이런 것이었다. 언젠가는 인간이 뇌의 능력을 100% 다 끌어내어 쓸 수 있는 때가 올 수 있을까? 생명체는 지구상에만 존재하는 걸까? 인류는 태양이 사라진 후에도 존속할 수 있을까? 언젠가는 우주도 끝이 날까? 빅뱅 이전에도 무엇인가가 존재했을까? 등등. 그러고 나서 줄리아나는 『클레브 공작부인』을 아주 좋아한다고 말했다. 지극히 아름다운 러브스토리라면서……. 그러면서 인물들 사이에 흐르는 미묘한 감정들을 아주 길게 설명해 주었다.

난 줄리아나가 사랑에 대해 이야기하는 것을 듣고, 사랑에 대해 이야기하는 모습을 바라보았다.

우리가 사이드 카페 앞에서 헤어졌을 때는 거의 자정에 가까운 시간이었다. 심판이 축구시합의 종료를 알리는 호루라기를 분 지 거의 두 시간이나 지난 후였다.

　우리는 모두 체육관에 모였다. 코치들이 내게 설명을 요구했다. 팀원들 모두가 어제 내가 왜 나타나지 않았는지 궁금해하고 있으니 빨리 말하라고 독촉했다. 나는 온몸이 얼어붙었다. 입을 열 수 없었다. 침묵은 정말 끔찍했다. 동료들의 얼굴은 하나같이 무표정했다. 대부분 가슴에 팔짱을 끼고 있었다. 그들은 나를 바라보지 않았다. 각자 운동장의 어떤 한 지점을 정해놓고 그곳을 응시하고 있었다.

　난 아빠가 직장에서 갑자기 사고를 당해서 지금 심각한 상태로 병원에 누워 있다고 말할 참이었다. 아주 기막힌 생각이 나를 사로잡은 것이다. 내가 막 입을 열려고 하자, 모든 시선이 내게로 집중되었다. 그러나 그렇게 말하려는 나를 저지시킨 것은 파브리스의 차가운 눈길이었다. 그의 시선엔 경멸이 가득했다. 그래서 난 나도 모르게 불쑥 이렇게 말하고 말았다.

"축구를 그만두기로 했어요. 작년부터 내 안에 뭔가가 부서졌어요……. 아무리 노력해도 축구를 계속하기 위한 열정이 생기질 않아요. 난 더 이상 여러분과 잘 지낼 수 없을 것 같습니다……. 어제 일은 정말 죄송합니다……. 면목이 없네요, 사과드립니다."

그렇게 말하고 나는 일어섰다. 가방을 들고 체육관 밖으로 나섰다. 코치들이 밖에서 나를 붙잡았다. 그들은 이렇게 끝낼 수는 없는 거라고 했다. 이야기를 더 해보자고 했다. 약속을 정하고 만나서 다시 한 번 방법을 찾아보자고 했다. 난 싫다고 했다. 그리고 코치들에게 인사를 했다. 그런 다음 헬멧을 쓰고 스쿠터에 올라타서는 즉시 그 자리를 떠났다. 코치들은 나를 붙잡으려고 했다. 그리고 내게 전화하겠다고 외쳤다. 난 이미 속도를 내고 있었다. 난 엄마에게 했던 것처럼 할 것이다. 문자 메시지에 응답하지 않을 것이다.

집으로 돌아가고 싶은 마음은 없었다. 국도를 탔다. 더 이상 나를 억제할 수가 없어서 울기 시작했다. 내가 마지막으로 큰 슬픔에 잠겼던 때는 부모님이 이혼했을 때였다. 그때 나는 앞으로는 절대로 울지 않겠다고 스스로에게 맹세

했었다.

난 이전에 가본 적이 있는 그 작은 길로 들어섰다. 그리고 얼마 가지 않아 스쿠터를 버려두고 숲 속으로 들어가는 오솔길로 접어들었다. 그 길은 강으로 향하고 있었다. 난 강가에 앉았다. 조약돌을 집어서 계속 물 속으로 던졌다. 강물에 조약돌을 던지고 있으면 시간이 무척 느리게 흐른다는 것을 알 수 있다. 계속해서 조약돌을 던지다 보면, 시간을 완전히 멈추게 하는 방법을 발견하게 될지도 모른다.

줄리아나를 생각했다. 그녀가 했던 모든 질문들과 뭐라고 대답해야 할지 몰랐던 질문들을 다시 떠올렸다. 그리고 내겐 어째서 그런 질문들이 이제껏 한 번도 생기지 않았던 건지 생각해 보았다. 그랬다, 한 번도 생각해 본 적이 없었다. 특히 이런 질문. 빅뱅 이전에도 과연 생명체가 존재했을까?

운동 가방을 비웠다. 아마 이렇게 운동 가방을 비우는 일
도 이제 마지막이려니 싶었다. 트레이닝 복, 목욕수건, 갈
아입을 속옷들, 세면도구, 샤워슬리퍼, 마른 땅이나 인조
잔디 구장에서 신는 축구화, 질퍽거리거나 천연 잔디 구장
에서 신는 축구화, 경골보호구, 그리고 판토폴라도로 축구
화까지. 난 축구화들과 경골보호구를 신발장 속에 정리했
다. 그리고 판토폴라도로는 내 책상의 맨 아래 서랍에 넣어
두었다. 서랍을 닫고 나서, 나는 아이팟으로 음악을 크게
틀었다.

내 등번호는 8번이었다. 매번 시합에 들어가기 전에 나
는 경골보호구를 고정시키기 위해서 발목 위를 테이프로
세 번 감곤 했다. 오른쪽 다리에는 시계 방향으로 세 번 돌
리고, 왼쪽 다리에는 반대 방향으로 세 번 돌리고……. 나

는 공이나 누군가의 발에 맞으면, 금방 멍이 들기 때문이다. 겨울에 시합이 있을 때면, 열을 내서 근육을 따뜻하게 해주는 아킬렌 젤을 허벅지에 바르곤 했다.

U9 클럽 때부터 지금까지 나는 352개의 공식적인 시합에서 뛰었다. 그 동안 옐로카드를 31번, 레드카드를 4번 받았다. 세 번 부상당했고, 그 중 한 번은 6개월 동안 치료를 받았다. 왼쪽 무릎의 십자인대가 파열되었을 때이다.

내가 기록한 골은 모두 23골밖에 안 된다. 난 그 골들을 하나도 빠짐없이 기억할 수 있다. 특히 올란의 에투알 팀과의 경기에서 기록했던 해트트릭(한 선수가 한 경기에서 3점을 득점하는 것을 말한다)! 정말 내겐 기념비적인 경기였다. 우린 전반

전을 2:0으로 이겼다. 휴식을 한 뒤에도 우세한 경기를 펼쳤다. 하지만 새로운 득점은 내지 못하고 있었다. 게다가 두 번이나 연속해서 페널티를 받았다. 그런데 경기 종료 7분을 남기고서 내가 두 번의 기가 막힌 슛으로 점수를 올렸다. 그리고 그것도 아쉬웠는지 다이빙 헤드로 한 번 더 그물을 출렁이게 했다. 난 기뻐서 어쩔 줄 몰랐다. 우리 팀은 모두 흥분했다. 동료들이 내게 달려들었다. 우린 운동장 중앙에서 거대한 한 몸을 이루고 뒹굴었다.

난 운동 가방을 쓰레기통에 집어넣었다. 아이팟의 음악 소리를 더 크게 할 수 있으면 좋을 텐데…….

난 아빠에게 축구를 완전히 그만두었다고 알렸다. 아빠
는 클럽을 다른 곳으로 옮기는 것도 한 방법이라고 말했다.
생 로베르 축구팀으로 가는 게 어떻겠느냐면서. 어디에도
내가 갈 곳은 없었다. 난 아빠에게 올해 우리 지방에서 열
리는 5인조 축구대회에 나갈 팀을 만들고 싶다고 말했다.

바로 그날 저녁에 와마이와 베로니크가 우리 집에 저녁
을 먹으러 왔다. 피자를 갖고 왔다. 식탁에서 베로니크는
내게 잘 지냈냐고 물었고, 난 축구를 그만두었다고 대답했
다. 베로니크는 살아가면서 선택을 잘 하는 것이 굉장히 중
요하다고 말했고, 와마이는 내게 공모자의 눈길을 보냈다.
그러나 사실 난 내가 와마이와 무엇을 공모하고 있는지 잘
모른다. 나는 와마이가 혹시 『클레브 공작부인』을 알고 있
는지 갑자기 궁금했다. 그리고 줄리아나가 사진소설을 좋

아하는지도 궁금해졌다. 난 그날 오후에『클레브 공작부인』을 다시 읽어보려고 애썼었다. 여전히 내겐 굉장히 어렵게 느껴지는 책이었다. 그 책은 17세기의 프랑스어로 씌어 있는데다 문장도 길고 복잡했다. 그래도 인물들 사이의 미묘한 감정들을 이해해 보려고, 적어도 하루에 한 페이지는 의무적으로 읽기로 마음먹었다. 그리고 밤에는 공상과학 소설을 계속 읽어나갈 것이다.『클레브 공작부인』을 다 읽으려면 180일이 필요할 것이다. 문득 사진소설 한 권을 읽는데 걸리는 시간은 얼마나 될까 궁금해졌다.

나는 초콜릿 아이스크림을 먹은 후에 텔레비전을 보러 거실로 갔다. 거의 한 시간 동안 좀비처럼 리모컨으로 TV 채널을 이리저리 돌리고 있을 때였다. 갑자기 연재 드라마가 중단되더니 뉴스 속보가 전해졌다. 우주선 '엔터프라이즈' 호가 분해된 채 지금 지구 궤도를 따라 돌고 있다는 내용이었다. 승무원 일곱 명이 우주에서 사라져 버리고 말았다. 그들 가운데는 최초의 우주여행자들 중 한 명인 프랑스의 억만장자 제롬 에스트팡도 끼어 있었다. 그는 그 우주선을 타려고 무려 40,000,000달러를 내고 우주선 승차권을 산 사람이었다.

난 아빠와 와마이, 베로니크에게 이 재난 소식을 큰 소리로 알렸다. 모두들 거실로 들어왔다. 지금까지의 정보에 의하면, 이전의 인공위성에서 떨어져 나온 조각이 우주선과 심각하게 충돌했다는 것이다. 우주선은 처음엔 두 부분으로 나뉘었다가 곧이어 여러 조각으로 해체되었다. 우주인들 중 한 명은 그 충돌의 순간에 마침 우주선 밖에서 임무를 수행하고 있던 중이었다. 그는 지금도 우주 어딘가를 떠돌고 있을지 모른다. 여러 분야의 수많은 전문가들이 TV 뉴스에 줄줄이 나와서 제롬 에스트팡의 파란만장한 삶을 이야기했다. 또 우주선의 역사를 되짚어보고, 우주여행의 미래에 대해 토론을 벌이기도 했다.

특별 뉴스 이후에는 공포영화인 〈좀비들의 밤〉을 방영했다. 금방 새벽 1시가 되었다. 우리는 아무 말없이 영화를 보았다. 베로니크는 소파에서 아빠와 와마이 사이에 앉아 있었다.

우린 사이드 카페에서 만났다. 거기서 커피를 마셨다. 그런 다음 공원에 갔다. 바람이 불고, 추웠다. 하늘은 금방이라도 천둥번개가 칠 것처럼 잔뜩 흐려 있었다.

우린 가로등 불빛 아래의 벤치에 앉았다. 줄리아나가 내게 뭔가를 보여주겠다고 했다. 일종의 비밀 같은 것. 그녀는 가방에서 종이 뭉치를 꺼냈다. 그러더니 날더러 잘 들으라고 말했다.

처음엔 그 애가 시를 읽어주려나 보다고 생각했었다. 여자들이 좋아하는 장르의 시. 하지만 줄리아나가 읽어준 것은 여자애들이 좋아하는 그런 시가 아니었다. 그것은 공상과학 소설이었다. 제목은『캉크리의 시스템』.

23세기를 배경으로 하는 이 이야기는 우주탐험선인 페닉스 231호가 지구로부터 41광년이나 떨어진 별 오케아노스에 차츰 가까이 가고 있다는 것에서부터 시작된다. 행성 55캉크리의 주위를 돌고 있는 위성 오케아노스는 그린란드의 절반 크기만한 섬 하나를 제외하고는 온통 바다로 덮여 있는 별이다.

소설의 첫 장에서 줄리아나는 위성 오케아노스의 하늘을 이루고 있는 엄청나게 다양한 구름들과 빛깔들을 자세하게 묘사했다. 그녀가 그 멋진 장면을 묘사하는 말들은 정말 시처럼 울림이 있었다. 그것은 여느 여자애들이 좋아하는 시 같은 것과는 참 달랐다. 솔직히 난 여자애들이 좋아하는 시라는 것이 어떤 건지 잘 모르지만……. 아마 그것은 사진소설에서 볼 수 있는 그런 느낌을 가진 시들일 것이다. 3페이지에 걸쳐서 나왔던 키스의 이미지, 감정과 느낌이 뚝뚝 흐르는 그런 이미지.

잔뜩 찌푸렸던 하늘에서 첫 번째 번개가 번쩍이며 하늘에 거대한 줄무늬를 그렸다. 빗방울이 몇 방울 떨어졌다. 수줍은 듯 조심스럽게 떨어지는 빗방울이 줄리아나의 종이 뭉치를 젖게 했다. 그래도 그녀는 읽기에 집중했다.

두 번째 장에서는 페닉스 231호에 타고 있는 주요 승무원들을 소개했다. 그들은 오케아노스에 대해 얻은 최근의 정보들을 분석하기 위해서 사령관실에 모였다. 그리고 그

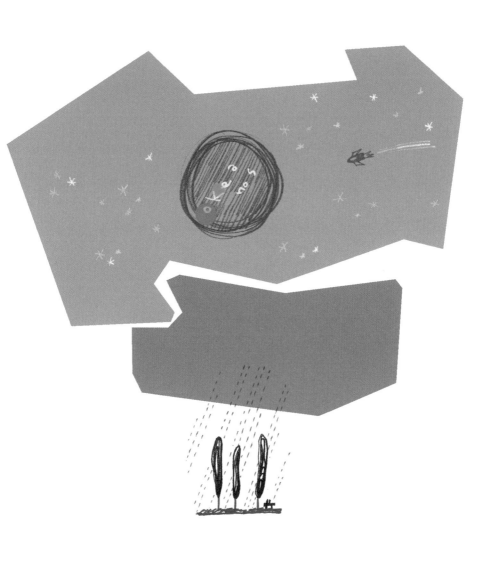

별을 탐험하기 위한 여러 가지 전략들을 토론했다. 우주선 장의 이름은 프란체스카 잔코였다. 물리학자인 그녀는 빛 보다 빠른 속도를 연구하는 우주 공간의 속도 전문가였다.

바람이 점점 거세지고, 빗방울도 굵어졌다. 그래도 줄리 아나는 내게 그 장을 끝까지 읽어주고 싶어 했다. 그녀는 내 옆에 몸을 꼭 붙였다. 나는 윗옷을 벗어서 우리 둘의 머 리를 덮었다. 다 읽고 나서 그녀는 눈빛으로 내게 물었다. 어떻게 생각하느냐고. 난 너무 멋진 글이어서 깜짝 놀랐다 고 말했다.

우린 뛰어서 사이드 카페 안으로 들어갔다. 줄리아나는 누군가에게 자기 글을 읽어준 건 처음이라고 말했다. 그리 고 그것은 나를 믿기 때문이라는 말도 했다. 또 『캉크리의 시스템』은 〈페닉스〉 혹은 〈페닉스 미션〉이라는 시리즈의 1권이라는 설명도 해줬다. 은하계 사방으로 떠난 우주탐험 선들인 페닉스 호들은 인류가 생존할 수 있는 새로운 세계 를 찾아내는 임무를 띠고 있었다. 난 나머지 부분도 내게 읽어줄 생각이냐고 물었다. 그녀는 이제 내가 첫 번째 독자 이며, 그렇기 때문에 앞으로 내가 아주 엄격하게 평을 내려 줘야 한다고 말했다. 아, 어떻게 난 그녀가 소녀 취향의 시 를 쓸 거라는 생각을 단 1초라도 할 수 있었을까!

엄마를 안 만난 지 5개월이 되었다. 그 동안 나는 매달 똑같은 문자를 받고 있었다. 다음 달 14일에 만나자. 다음 달 16일에 만나자. 다음 달 13일에 만나자. 다음 달 10일에 만나자. 다음 달 17일에 만나자. 문자들은 모두 이랬다. 그 외에는 다른 어떤 말도 없었다. 난 휴대폰 번호를 바꿀까 생각도 했지만, 이번만큼은 엄마를 보러 가는 것이 좋겠다고 생각했다.

나는 평소보다 천천히 걸었다. 배에 뭔가 꽉 막힌 덩어리 같은 것이 들어 있는 느낌이었다. 이런 묵직한 덩어리를 느낀 것은 1년 전부터다. 이 느낌이 어디서 비롯된 것인지는 도무지 알 수 없다. 간혹 곧 사라져 버릴 것처럼 아주 약하게 느껴질 때도 있다. 하지만 대개는 아주 무겁게 느껴지고, 특히 라 쿠론 식당의 문을 열고 들어서는 순간에는 그렇게 무거울 수가 없다.

엄마가 거기에 있었다. 늘 앉는 그 자리에. 난 엄마 앞으로 다가갔다. 엄마가 나를 보더니 일어섰다. 내가 엄마에게 무슨 말인가를 막 하려는 순간에 엄마가 내 오른쪽 뺨에 입을 맞췄다. 엄마는 내게 잘 지냈느냐고 물었다. 그리곤 다시 앉더니 말했다. "네 아빠는 안 물어봐도 여전히 똑같겠지." 나도 자리에 앉았다. 엄마가 메뉴를 보는 척했다. 내가 다시 뭔가를 말하려는데, 이번엔 웨이터가 왔다. 엄마는 계절 샐러드와 상세르 포도주 반 병을 주문했다. 나는 아무것도 주문하지 않았다. 엄마는 자신의 삶에 대해, 지금 무엇을 하고 있는지에 대해, 앞으로 뭘 할 건지에 대해 말하기 시작했다. 지금 함께 살고 있는 남자에 대해서도 말했다. 뱃속에서 묵직한 덩어리가 더 무겁게 느껴졌다. 조금 있으면 엄마가 또다시 내게 묻겠지. 어떻게 지내고 있느냐고. 그러면 나는 잘 지낸다는 대답이 하기 싫어서 가만히 있겠지. 샐러드를 먹었다. 포도주를 마셨다. 엄마는 다시 독백을 이어갔다.

엄마는 미쳤다. 우리 엄마는 미쳤다. 엄마는 언제부터 미쳤던 걸까?

내가 엄마에게 말했다.

"엄마, 우리가 못 본 지 다섯 달이나 되었어요."

엄마가 갑자기 말을 멈췄다. 엄마가 접시만 물끄러미 내려다보았다. 난 엄마를 불렀다.

"엄마……."

엄마가 몸을 떨더니 갑자기 울기 시작했다. 난 어떻게 해야 할지 몰랐다. 엄마에게 말했다.

"엄마, 날 좀 보세요."

엄마는 계속 접시만 뚫어지게 바라보았다. 그리고는 접시에 대고 말했다. 그 남자가 다른 여자랑 떠나버렸다고. 엄마보다 훨씬 젊은 여자랑. 엄마는 그 여자가 자신보다 훨씬 더 젊다는 말을 몇 번이나 되풀이했고, 그런 다음 그가 훨씬 젊은 여자랑 떠난 지 벌써 2년이 되었다고 말했다.

줄리아나는 내 생애의 진정한 사랑일까? 아마도 지금은 내 인생의 진정한 사랑일 것이다. 그러나 내일은 그렇지 않을 것이다. 난 줄리아나에게 그녀는 내 인생의 진정한 사랑이라고 말해야 한다, 지금의 내 인생에서……. 그리고 내일도 그럴 것이고, 모레도 그럴 것이고, 그 다음 날도 그럴 것이라고 말해야 한다. 물론 내 사랑은 그녀일 것이다. 다른 누가 또 있겠는가? 하지만 나는 줄리아나 인생의 진정한 사랑이 아닐지도 모른다. 아마도 나는 그녀에게 그저 친구에 지나지 않을지도 모른다. 그냥 가장 좋은 친구일 뿐일지도 모른다.

어쩌면 생애의 진정한 사랑은 절대로 상호적인 것이 아닐지도 모른다. 서로에게 진정한 사랑이 되는 사람들이 있다 해도, 운명이 그 두 사람을 만나지 못하게 하는지도 모른다. 그들은 서로 어긋나고, 서로 피해가고, 서로의 눈에 띄지 않게끔 되어 있는지도 모른다. 미국이란 나라가 없었다면 아마 아빠는 첫사랑인 마르틴과 결혼했을 것이다. 그러면 아빠는 엄마를 만나지 않았을 테고, 그랬다면 난 태어나지 않았을 것이다. 아빠와 엄마의 관계가 한창 위태로웠을 때, 그때 아빠 앞으로 왔던 마르틴의 편지를 내가 버리지 않았더라면 어떻게 되었을까? 나는 우편함에서 그 편지를 발견하고는, 혹시라도 상황을 더 복잡하게 만들까 겁이 나서 혼자 몰래 읽어본 뒤에 버렸었다. 그 편지에서 마르틴은 자기가 프랑스로 돌아왔다고 하면서, 꼭 한 번 만나서 행복했던 지난 시절을 이야기하고 싶다고 했었다. 그리고 갑자기 깨달았다는 듯이, 자기 생애의 진정한 사랑은 아빠였다고 했다. 그날 내가 그 편지를 버리지 않았다면, 지금쯤 지구 위에는 정말로 행복한 커플이 적어도 하나는 존재했을지 모른다.

자, 이제 모두 어떻게 될까? 모두들 상대방의 은밀한 갈망에 매달려 있는 것처럼 보인다. 아빠는 엄마와 다시 시작할 준비가 되어 있을까? 베로니크는 아빠를 택할까, 아니면 와마이를 택할까? 줄리아나는 나를 원할까?

학교 공부는 이제 끝났다. 상급학년에 진학하지 못하더라도, 난 다시 한 해를 더 공부하지 않기로 결정했다. 난 웅가로 호프집에 요리사 견습생으로 들어갈 생각이다. 그곳의 메뉴에는 양배추 요리가 무려 일곱 가지나 들어 있다. 진짜 제대로 된 양배추 요리!

축구 시즌도 끝났다. 코치들은 끈질기게 내 휴대폰으로 전화를 해왔다. 문자를 남기고, 음성메시지를 남겼다. 난 듣지도, 읽지도 않고 삭제해 버렸다. 그랬더니 코치들은 급기야 집으로까지 나를 찾아왔다. 나 대신 아빠가 그들을 만났다. 그들은 아빠에게 말했다. 내가 정말 축구를 그만두면 이것도 저것도 아닌 인생이 되어버린다고. 아빠는 날 가만히 내버려 두라고 단호하게 말했다. 덕분에 이제 그들은 나를 귀찮게 하지 않는다.

우리 학교 팀은 준준결승에서 패했다. 그 경기를 보러 왔던 모집자들은 20분도 채우지 않고 자리를 떴다고 한다. 그들의 눈에 띈 사람은 아무도 없었다.

우승컵은 올란의 에투알 팀에게 돌아갔다.

축구선수가 되지 않겠다는 결정은 확고한 것이지만, 그래도 어릴 적 꿈에 대한 미련은 마음 속에 남아 있다. 아마도 그 꿈은 내 마음을 떠나지 않을 것이다. 난 아직도 가끔 이상한 꿈을 꾼다. 월드컵에서 우승을 하는 꿈.

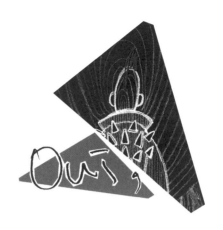

용기를 내고 두 주먹을 꽉 쥐었다. 그리고 파스칼에게 다가갔다. 그 녀석은 펑크족의 작은 무리 가운데 섞여서 역앞의 벤치에 앉아 있었다. 파스칼은 캔맥주를 마시면서 담배를 피우고 있었다. 그의 붉은색 닭벼슬 머리는 정말 굉장히 인상적이다. 나는 '안녕' 하고 인사를 했다. 그도 나를 보며 건성으로 인사를 했다. 하지만 그의 말투에는 경멸이 섞여 있었다.

그의 친구들 중 한 명이 그에게 내가 누구냐고 물었다. 그러자 파스칼은 별 놈 아니라고 대답했다. 그러자 여자애들이 나를 머리끝에서 발끝까지 훑어보면서 깔깔대고 웃기 시작했다.

난 파스칼에게 단둘이 조용히 이야기 좀 나누고 싶다고 했다. 그는 시간이 없다고 대답했다. 그래도 내가 계속 조르자, 그가 마지못해 몸을 일으켰다. 난 그의 친구들로부터 조금 떨어진 곳으로 그를 데리고 갔다. 그가 말했다.

"뭔데? 무슨 이야기야? 난 별로 듣고 싶은 생각이 없어."

"풋살 대회가 있어."

"풋살이 뭔데?"

"5인조 축구 말이야. 내가 아빠와 아빠 친구들과 함께 팀을 만들었어. 네가 골키퍼를 맡아줬으면 해."

그가 아무 말이 없기에 난 계속했다.

"있잖아…… 실은 나도…… 나도 축구를 그만뒀어…… 너처럼…… 그래서…… 내가 하고 싶은 말은…… 풋살, 풋살 대회에 나가고 싶어. 네가 우리 팀의 골키퍼만 되어준다면, 우리 팀은 최강팀이 될 거야."

"어떤 팀인데?"

"모두 아마추어들이야. 하지만 아마추어 팀들 중에선 최고 중의 최고인 팀이지. 우리 팀엔 세상에서 가장 위대한 선수가 끼어 있거든."

"너 지금 나 놀려?"

"전혀."

"그럼 뭐, 네 팀에 마라도나라도 들어왔다는 거야?"

"아니, 마라도나도 펠레도 아냐. 아직은 그를 아는 사람

이 아무도 없어. 하지만 세상에서 가장 뛰어난 선수인 것만
은 분명해."

나도 왜 그렇게 말했는지 모른다. 그냥 그렇게 말이 나와
버렸다. 직감! 파스칼은 별로 내 말을 믿는 것 같지 않았다.
친구들이 그를 불렀다. 그는 다시 벤치로 돌아갔다.

난 펑크족 무리 속에 있는 그를 바라보며 한동안 그 자리
에 서 있었다. 그는 내 존재는 아랑곳하지 않는 척했다. 하
지만 방금 했던 내 말 때문에 그의 마음이 흔들리고 있다는
것을 느낄 수 있었다.

얼마 후, 그가 일어나서 내게로 걸어오기 시작했다. 그러
자 그의 친구들이 날더러 빨리 도망치라고 말했다. 나는 그
말에 실망하면서 얼른 뒤돌아 도망쳤다. 하지만 파스칼이
한 걸음에 나를 쫓아와 덥석 붙잡으며 짧게 한 마디 했다.

"좋아."

  트랭캉의 5인조 축구대회는 아주 인기가 높은 행사다.
대회는 7월 두 번째 주말이다. 6년 전부터 시작한 이 축구
대회는 금요일 아침부터 시작된다. 모두 60개의 팀들이 참
여하는데, 그 중 3/4이 아주 이색적인 팀들이다. 내장을 좋
아하는 미식가 연합에서 나온 팀에서부터 퇴역용사들의
증손, 고손들로 구성된 팀까지. 우리 팀은 트랭캉 시민이라
는 이유로 등록할 때 우선권이 주어졌다. 우리는 팀 이름을
〈생강〉이라고 지었다. 나, 아빠, 베로니크, 와마이, 파스칼.
첫 대진에서 우린 여자들로만 이루어진 〈금발, 갈색머리,
빨간머리〉 팀과 비디오게임에 중독된 〈아바타〉 팀, 그리
고 생로크의 남성 합창단에서 나온 〈스위트 피플〉 팀과 싸
워야 했다. 같은 동네 사람들로 이뤄진 〈이삿짐센터〉는 작
년에 준준결승까지 올라간 적이 있는 막강한 팀이다.

우리의 약점은 두말할 것도 없이 베로니크다. 아무 초등학생이나 데려다가 시켜도 그보다는 나을 것이다. 그녀는 단체의식 같은 것은 도무지 아랑곳하지 않고 무조건 공만 따라다닌다. 그래서 질서를 지켜야 한다고 끊임없이 상기시켜 주고, 내가 지정해 준 위치에 그녀를 꽁꽁 묶어둬야 한다. 그녀는 득점을 올려야 하는 공격수지만, 기술이라고 할 만한 것은 전혀 없다. 그녀는 공을 컨트롤하는 것도, 지키는 것도 모른다. 게다가 그녀가 슛을 시도하고, 패스를 시도할 때 정확한 방향을 가르쳐 줄 방법도 없다. 그녀는 공을 놓치거나 풀밭으로 발이 빠지기 다반사다. 하지만 베로니크는 체력이 아주 훌륭했다. 그녀는 일주일에 세 번은 반드시 조깅을 하고 있었다.

아빠는 나와 함께 수비를 맡았다. 기본은 탄탄하지만, 아빠는 실수를 너무 많이 한다. 그것은 1980년대식 축구에 대한 향수 때문에 일어나는 실수들이다. 미셸 플라티니가 아빠의 우상이었다. 사람들이 축구 이야기를 할 때면 아빠는 언제나 이런 식으로 말할 기회를 노리곤 했다.

"그때 난 플라티니가 기가 막히게 길을 열며 앞으로 나가던 모습을 떠올렸지!"

아빠는 베로니크에게 해석 불가능한 비유를 끊임없이

들어가며 똑같은 도식을 되풀이했다. 난 아빠에게 공이 항상 땅에서 놀도록 주의하고, 제발 경기를 단순하게 풀어가라고 요구했다. 그러나 아빠에 대해 정작 염려하는 것은 베로니크와는 반대로 체력이다. 아빠는 세 번째 경기가 끝나면 완전히 녹초가 될 위험이 컸다. 만일 나의 바람대로 우리가 첫째 날 경기들을 모두 통과한다면, 아빠는 다음 날 근육통으로 뻣뻣해진 몸을 추스르며 둘째 날 경기들을 치러야 한다.

베로니크, 와마이와 함께 일요일마다 아마추어 조깅클럽에 나가서 대회를 준비했지만, 그것만으로는 턱없이 부족한 것이 사실이다. 다른 누군가와 교체를 할 수는 없었다. 그것이 대회의 규칙이기 때문이다. 한 선수가 부상을 입거나 움직일 수 없게 되면, 그가 속한 팀은 그 선수를 빼고 네 명이서 경기를 치러야 한다.

그런가 하면 와마이는 포지션에 대한 개념이 없다. 그는 공이 없어도 움직여야 한다는 것을 모른다. 그래서 베로니크와 마찬가지로 자기에게 할당된 영역을 정확하게 지켜야 한다는 의식이 없다. 하지만 와마이는 공을 다루는 감각이 몹시 뛰어났다. 그는 아빠와 경쟁을 벌이는지, 아빠에게보다 베로니크에게 훨씬 더 많이 패스해 주었다. 와마이의

세상에서 가장 위대한 축구선수   119

패스는 1밀리미터도 틀리지 않을 만큼 정확했다. 사실 말이지, 밀리미터보다 더 작은 단위를 알지 못해서 못 쓸 뿐이다. 와마이의 패스는 1밀리미터보다 더 작은 차이도 틀리지 않을 정도로 정밀, 그 자체이다. 게다가 그가 한 번 공을 잡으면, 그에게서 공을 빼앗기란 불가능하다. 물론 우리가 세계 챔피언들을 대상으로 싸우고 있는 것은 아니다. 하지만 나로서는 와마이만큼 공을 자기 몸과 하나처럼 다루는 사람은 이제까지 보지 못했다. 그는 프로 수비수들 중에서 최고인 선수도 꼼짝 못하고 당황하게 만들 수 있을 것이 분명했다.

골대를 지키는 파스칼에 대해서는 말이 필요 없다. 그는 아무도 따라올 수 없는 유연성과 무의식적으로 공을 쳐내는 방어 실력을 조금도 잃지 않았다. 그는 모든 공을 막아낼 수 있었다. 가장 강력한 슛조차도. 그가 공을 쳐내는 실력은 여전히 정확했다. 팔로 쳐내는 것이든, 발로 차내는 것이든. 또한 그가 공을 가진 자를 향해 달려가는 모습은 몹시 인상적이었다. 닭벼슬 같은 펑크스타일이 그를 더욱 두려워 보이게 만들었다. 게다가 그는 몹시 흥분해 있었다. 여기서는 아무도 그를 공중 샤워실로 밀어 넣을 수 없을 것이다. 난 세상에서 가장 뛰어난 축구선수에 대한 나의 직감이 옳기를, 그래서 내가 파스칼을 실망시키지 않기만을 바랄 뿐이다.

나는 처박아 두었던 축구용품 일체를 다시 꺼냈다. 트레이닝 복, 마른 땅이나 인조 잔디 구장에서 신는 축구화, 경골보호구, 그리고 판토폴라도로 축구화까지. 난 그것들을 볼품없는 배낭 속에 다 집어넣었다. 그리고 경골보호구를 고정시키기 위해서 발목 위를 테이프로 세 번 감았다. 오른쪽 다리에 시계 방향으로 세 번 돌려 감고, 왼쪽 다리에 반대편 방향으로 세 번 돌려 감고……. 이렇게 열심히 준비를 하고 있는 동안에도 계속 머릿속에서 심장이 쿵쾅쿵쾅 뛰는 것을 느꼈다. 하지만 이렇게 심장이 뛰는 것 때문에 일어날 수 있는 결과를 두려워하지 않으려고 애썼다. 언젠가는 의사를 찾아볼 것이다. 하지만 지금은 경기에서 이기고 싶었다. 나 역시 몹시 흥분하고 격분해 있었다. 옛 동료들 중 몇 명이 〈트랭캉 1〉, 〈트랭캉 2〉, 〈트랭캉 3〉, 〈더비의 친구들〉이라는 팀명으로 등록했다는 것을 알고 있다. 파브리스는 〈파라오〉 팀의 골문을 지킨다고 한다. 나의 코치들도 〈모두 함께〉라는 팀으로 대회에 나왔다고 하고……. 뿐만 아니라 이번 참가팀들 중에는 예전에 국가대표 팀에서 10번을 달았던 르네 소르를 포함하여 1군에서 뛰었던 선수들로 구성된 〈스포츠 카페〉 팀도 있다. 말할 것도 없이 가장 인기 있는 팀이다.

자, 이러니, 이기기 위한 게임이 아니라 단지 즐기기 위한 게임을 하러 나온 사람은 아빠와 와마이와 베로니크뿐인 셈이다. 나는 첫 경기에서 두 골을 넣었고, 그 2점만으로 〈금발, 갈색머리, 빨간머리〉 팀을 이길 수 있었다. 그리고 〈스위트 피플〉을 맞이해서도 점수를 내서 승리로 이끌었다. 그러나 비디오 게임 중독자들 팀은 생각했던 것보다 훨씬 실력이 좋았다. 결과는 0:0 무승부로 끝났지만, 파스칼이 없었다면 우린 지고 말았을 것이다.

우리가 둘째 날 시합에 나갈 수 있으려면 〈이삿짐센터〉 팀과 적어도 비겨야만 했다. 파스칼과 나, 둘만으로는 그 팀을 이길 수 없다. 와마이가 발에 땀이 나도록 뛰어줘야만 한다.

　〈이삿짐센터〉는 체격이 아주 건장한 팀이다. 맹장들은 아니지만, 우리가 처음으로 긴장하며 진지하게 맞선 팀이었다. 그들은 이기기 위해서 게임을 했다. 그래서 앞의 세 팀을 완전히 박살을 내고 올라왔다. 나의 예상대로 아빠는 이미 녹초가 되어 있었다. 더 뛸 힘도 없을 정도로. 베로니크는 와마이가 멋진 미소를 지으며 아주 정확하게 패스해 준 그 많은 공들을 한 번도 받아내지 못했다. 그나마 파스칼 덕분에 겨우 3점만 빼앗기고 전반전을 끝낼 수 있었다. 그는 분해서 어쩔 줄 몰랐다. 나도 마찬가지였다.

　난 와마이를 잠깐 옆으로 데리고 가서 말했다.

　"이제는 장난치고 익살을 부리는 건 그만 해요. 아저씨의 실력대로 하란 말이에요. 안 그러면 우리는 여기서 끝장이에요!"

"이건 그냥 게임인데 뭘 그래."

"우린 이 대회에서 우승할 수 있어요! 아저씨의 실력대로 하세요."

"내 실력대로 하라는 게 무슨 뜻이지?"

"이길 생각으로 하란 말이에요. 아빠와 베로니크 아줌마는 이젠 지쳤어요. 나와 파스칼이 수비를 맡을 테니까, 아저씨가 득점을 해야만 해요."

"난 지금 내 실력대로 하고 있는 중이야."

"아녜요. 아저씬 실력 발휘를 아직 안 하고 있어요. 장난만 치고 있다니까요."

"무슨 소리야, 난 마라도나가 아니야. 선수도 아니라고. 난 기적을 만들 수 없어!"

"아저씨가 할 수 있는 만큼만 하세요. 다만 그저 즐기기 위해서, 베로니크를 즐겁게 해주기 위해서가 아니라, 이기기 위해서 싸우란 말이에요. 저를 위해서 제발 그렇게 해주세요. 난 이번 대회에서 너무 너무 이기고 싶어요."

말을 마치고 난 순간 나는 내가 우리 코치들처럼 말하고 있다는 느낌이 들었다. 코치들은 늘 이긴다는 말과 발에 땀이 나도록 뛰라는 표현을 아주 많이 사용했었다. 또 장난하지 말라는 말도 많이 했다. 즐기라는 말은 거의 한 적이 없

다. 그런데 오늘 내가 그랬다. 하지만 네가 할 수 있는 만큼 하라는 표현은 그들이 한 번도 하지 않았던 말이다.

난 전술을 바꿨다. 아빠와 베로니크에게 같은 선상, 중앙에 서 있으라고 주문했고, 나는 혼자 수비수의 자리에 섰다. 따라서 와마이가 혼자서 공격에 나서야 했다.

휴식 시간 15분이 순식간에 지나갔다. 그러나 후반전에 들어가서는 단 5분 만에 게임이 끝이 나버렸다. 우리가 7:3으로 이겼다.

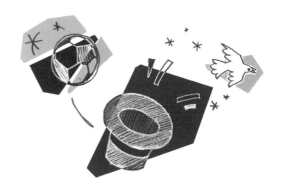

　와마이가 공을 가지면, 그는 공이 되어버린다. 공이 와마이가 된 것이 아니라면……. 그의 드리블은 정말 환상적이다. 그는 아무래도 마술을 부리는 것 같다. 그의 어떤 동작들은 좀 느린 편인데도 불구하고 눈에 잘 보이지 않는다. 그에겐 어느 순간 우리가 있는 공간에서 공을 사라지게 하는 능력이 있다. 그 순간에 어떻게 공을 사라지게 하는지는 아무도 모른다. 특히 상대팀의 선수들은 더욱 그랬다. 그들은 공이 갑작스럽게 사라지면 당황해서 한순간 꼭두각시처럼 팔다리를 움직이지 못했다. 그러다 혹시라도 눈에 보이지 않는 공이 손에 잡힐까 싶어서 두 팔과 손으로 허공을 휘저을 뿐이었다. 와마이가 마술로 공을 감췄다가 다시 나타나게 할 때는 이미 적을 저만치 뒤로 따돌린 후였다. 그러면 눈 깜짝할 새에 골을 향해 슛을 쐈고, 공은 적진의

심장 깊숙이 꽂혀버렸다.

와마이는 더 이상 베로니크에게 멋진 패스를 하지 않았다. 그는 곧장 상대 팀의 골대 쪽으로 공을 몰고 가서 골 안으로 직접 차 넣었다. 그 모습을 보고 있는 베로니크의 눈에서 감탄의 찬사가 읽혔다. 아빠 역시 질투하는 것조차 잊어버렸다. 아빠는 와마이의 눈부신 수훈 앞에서 그저 황홀해했고, 그 골들 하나하나를 미셸 플라티니가 과거에 세운 위업들과 비교하는 것을 잊지 않았다. 난 한 번도 플라티니가 경기하는 모습을 본 적이 없다. 하지만 한 가지 확실한 것은 과거, 현재, 미래를 통틀어 그 어떤 선수도 와마이의 발뒤꿈치도 못 따라온다는 것이다.

와마이가 공을 가지고 노는 것을 마법이라고 표현한다면, 그의 패스와 슛의 정확성은 대체 어떤 형용사로 표현할 수 있을까? 절대로 믿을 수 없는? 기적적인? 경이적인? 상상할 수 없는? 와마이는 운동장의 어느 위치에 있어도 득점을 할 수 있었다. 아무래도 그가 공에 이상한 마법을 걸어둔 것 같았다. 공은 이상하게 뒤틀어진 궤도를 그리면서 그대로 골대 안으로 빨려 들어갔다. 그런가 하면 땅에 닿을락 말락 한 낮은 포물선을 그리다가 골키퍼로부터 2미터 정도 남겨놓은 거리에서 갑자기 위로 솟아 그물 안으로 들

어가는 경우도 있었다. 와마이는 그 이상한 현상의 반대 현상도 일으킬 수 있었다. 골키퍼가 크로스 바 밑으로 들어올 것 같은 공을 쳐내려고 점프 준비를 하는 순간, 갑자기 공이 골키퍼의 발밑으로 뚝 떨어지면서 골라인 안으로 기적적으로 굴러들어가는 것이다.

이처럼 와마이는 공의 속도를 완벽하게 조절하면서 다양한 각도에서 슛을 쏘았다. 그는 이런 모든 동작을 약간 거만해 보이기까지 하는 무심한 표정으로 몹시 수월하게 해냈다. 그의 동작에는 불필요한 움직임이 전혀 없었다. 아주 조금의 에너지 손실도 없었다.

와마이가 공을 잡을 때마다 우린 득점을 확신했다. 운동장 어디에 위치해야 하는지도 모르고, 게다가 몸싸움을 싫어해서 수비하는 법도 모르는 와마이지만, 그럼에도 그는 분명코 세상에서 가장 탁월한 축구선수였다. 나의 직감은 옳았다.

사람들이 와마이에게 관심을 보이기 시작한 것은 둘째 날 첫 경기부터였다. 나도 언젠가는 사람들로부터 그런 관심을 받을 수 있기를 간절히 바란다. 내가 이 대회에 참가하고 싶었던 것도, 반드시 이기려고 이처럼 기를 쓰는 것도 틀림없이 그 때문이다. 자부심. 난 역사상 가장 탁월한 축구선수의 친구이자, 팀 동료이다. 솔직히 말해 내가 없었으면 와마이는 자신이 세상에서 가장 뛰어난 축구선수라는 것조차 몰랐을 것이다.

어깨가 으쓱해진 것은 나만이 아니었다. 아빠의 어깨에도 이만저만 힘이 들어간 것이 아니다. 어깨에 힘을 넣는 분야에선 우리 아빠가 단연코 전문가라는 말을 안 할 수가 없다. 아빠는 우리 팀의 주장이자, 감독, 코치, 매니저, 기타 등등 전부였다. 그래서 모든 관중이 들을 수 있도록 아주 큰 소리로 전략과 기술에 대해 코치를 하곤 했다.

와마이가 골을 넣을 때마다 베로니크는 오예! 하고 소리를 지르면서 관중들을 향해 유머러스하게 자신의 이두박근을 보이거나, 와마이에게 존경의 눈빛을 보냈다. 파스칼로 말하자면, 얼굴에서 승리에 찬 미소가 사라지지 않았다.

우리를 응원하는 사람들은 대회 초부터 시끌벅적하게 많았다. 아빠와 와마이와 베로니크의 친구들이 모두 와 있었으니까. 아프리카 타악기까지 갖고 온 사람들도 있었다. 그런데 경기횟수가 늘어날 때마다 우리 팀을 호기심 있게 바라보는 사람들이 점점 더 많아졌고, 응원자들의 수도 늘어났다.

와마이의 수훈은 순식간에 입에서 입으로 전해졌다. 그의 사진을 찍는 사람들도 있고, 동영상으로 촬영하는 사람들도 있었다. 쉬는 시간에는 수많은 아이들이 몰려와서 그에게 사인을 해달라고 요청하기도 했다.

우린 7:3으로 〈트랭캉 1〉을 이겼고, 8:4로 〈잉여 인간들〉을 이겼다. 우리가 3점, 4점씩 점수를 내준 것은 우리 팀에서 실제로 뛰는 선수가 단 두 명에 불과했기 때문이다. 상대팀들은 점점 더 전쟁에 익숙해지고 있는데, 베로니크는 뛰어난 지구력에도 불구하고 점점 더 도움이 안 되고 있었다. 아빠가 할 수 있는 유일한 노력은 겉으로만이라도 멀쩡하게 보이려는 것이었다. 근육통이 아빠를 너무 고통스럽게 했다. 난 아빠와 베로니크에게 더 뒤로 물러가 있으라고 했다. 이제 〈파라오〉 팀과의 준준결승에서는 수비수 셋, 공격수 한 명의 전술로 싸워야 한다.

현재로서는 〈파라오〉가 대회에서 가장 높은 방어율을 보유하고 있었다. 6경기 동안 겨우 2골이라니! 그들은 체력이 좋고, 몸싸움도 주저하지 않는 팀이었다. 그들은 약간 방관적인 심판의 태도를 십분 이용하여, 옐로카드도 레드카드도 없는 이 대회에서 거친 플레이를 일삼았다.

〈파라오〉의 주장은 파브리스였다. 우린 경기 전에 악수를 하지 않았다. 그는 나를 쳐다보지도 않았다. 마치 내가 존재하지 않는 것처럼 행동했다.

우리 팀의 전략은 가능한 모든 공을 와마이에게 주는 것이다. 그리고 이 전략에 맞선 상대팀의 전략은 절대로 와마이가 공을 갖지 못하도록 방해하는 것이었다. 와마이는 예상대로 철저히 마크를 당했다. 그러니 파라오의 전력은 우리의 네 배인 셈이었다. 파라오는 여러 차례에 걸쳐서 와마이가 옴짝달싹하지 못하게 만들고, 그에게 함부로 태클을 걸었다.

하지만 와마이는 그들의 못된 공격을 너무나 능숙하게 또 교묘하게 피했다. 그러자 파라오는 와마이가 공을 갖고 있지 않을 때도 공격하기 시작했다. 그런 태도는 드디어 아빠와 군중을 자극하기에 이르렀다. 군중은 대부분 우리 입장이 되어주었고, 모두가 흥분하기 시작했다. 몸싸움이 일어날 위험도 없지 않았다.

파라오는 어떤 누구도 너그럽게 봐주는 법이 없어서, 누군가가 베로니크의 넓적다리를 무릎으로 세게 차고 말았다. 베로니크는 타박상을 크게 입어 경기를 포기할 수밖에 없었다. 대신 우린 프리킥을 얻어냈고, 와마이가 늘 하던 화려한 기술로 프리킥을 가볍게 처리했다. 공은 땅에 닿을 듯 말 듯 낮게 날아가다가 파브리스의 두 다리 사이에서 땅에 뚝 떨어지는 묘기를 부렸다. 우린 5:4로 이겼다. 파브리스는 화가 나서 어쩔 줄 몰랐다. 그는 서둘러 운동장을 떠났고, 반면 환희에 찬 군중은 와마이 주위에 빽빽하게 몰려들었다.

준결승전에서는 이 대회에서 가장 인기 있는 그룹과 맞닥뜨렸다. 〈스포츠 카페〉. 그들도 분명 와마이 현상에 대해서 들었을 것이다. 하지만 그들은 와마이가 뛰는 것을 보러 오는 수고 따윈 하지 않았다. 그들은 이 대회에서 유일한 프로선수들이었다. 그러니 그들이 스스로 우승팀을 자처한다 해도 조금도 이상한 일이 아니다.

우승을 확신하고 있던 그들은 자신들의 실력을 상대팀에 맞춰주고 있었다. 약자에게는 가볍게, 강한 자들에게는 진지하게. 그들은 참가자 명단도 동전을 던져서 결정했고, 입장할 때도 관중을 즐겁게 해주기 위해 오래도록 손을 흔들며 그들의 환호에 답해주었다. 그들을 응원하는 사람들이 그들의 등번호 하나하나를 리듬에 맞춰 부르기 시작했고, 중간중간에 올레 소리를 외치는 것도 잊지 않았다.

그래도 우리가 다가가서 경기를 빨리 시작하자고 재촉할 수는 없는 노릇이었다. 우리 팀은 모두 방어 태세를 하고 기다렸다. 그런데 경기가 시작된 지 3분 만에 아빠의 다리에 쥐가 나고 말았다. 이번에는 아빠가 경기를 포기하고 퇴장하지 않을 수 없었다. 이제 우리는 세 명이서 프로선수 다섯 명을 상대해야 했다.

전 국가대표 선수로 등 번호 10번을 달았던 르네 소르! 그가 아주 멀리서 롱 슛을 쏘아서 선전포고를 했다. 파스칼은 위협적인 공을 피해 코너 쪽으로 비켜섰다! 관중은 이 게임을 미리 보는 결승전으로 여겼다.

르네 소르! 그는 와마이를 상대로 공을 다루면서, 천재는 아무 데서나 나오는 것이 아님을 증명했다. 〈스포츠 카페〉에게 이 경기는 너무도 쉬웠다. 그들의 승리는 누가 봐도 빤한 것이었다. 펠레그리노가 코너에서 바나나 킥을 시도했다. 그 공을 우리의 골키퍼인 파스칼이 가로채서 와마이의 발밑으로 굴려주었다. 와마이는 공을 몰고 질주하더니 르네 소르를 드리블로 제치고, 이어서 마부메케마저 제친 다음 곧장 골키퍼를 향해 슛을 쏘았다. 세상에! 우리가 1:0으로 그들을 앞섰다.

난 르네 소르가 펠레그리노의 귀에 대고 "빌어먹을! 저

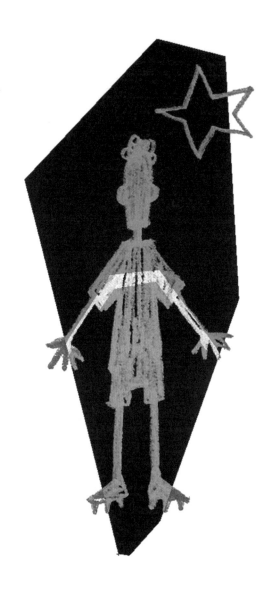

놈 대체 누구야?'라고 하는 말을 듣고 몹시 기뻤다. 이렇게 되자 〈스포츠 카페〉는 곧 태도를 바꿨다. 그들은 효율적으로 경기를 하기 시작했고, 빠르게 득점을 올렸다.

와마이는 피곤했다. 혼자서 이렇게 계속 달릴 수는 없었다. 우리의 상황은 너무 위험했다. 금방이라도 무너지기 직전이었다. 내가 공을 빼앗는다 해도, 좋은 상황에서 와마이에게 패스하는 것이 불가능해졌다. 그때부터 우리의 전략은 축구경기가 아니라 농구경기의 전략에 더 가까웠다. 우린 되도록 우리 라인 깊숙이에서 상대방이 공을 놓치기를 기다렸다가, 와마이가 스로인하도록 맡겼다. 난 매번 그에게 직접 슛을 시도하라고 말했다. 이후로 와마이는 사실상 모두를 상대로 혼자 싸운 것이나 마찬가지였다. 만일 그가 마흔네 살만 아니었다면, 베로니크처럼 일주일에 세 번씩만 규칙적으로 조깅을 했다면, 아마 운동장에는 종횡무진으로 뛰는 와마이밖엔 보이지 않았을 것이다. 그 외엔 다른 누구도 보이지 않았을 것이다. 상대팀도, 우리 팀도. 아니, 축구 자체가 무의미해졌을 것이다. 왜냐하면 세상에서 가장 위대한 축구선수인 와마이는 축구보다 더 강했기 때문이다. 와마이가 축구를 할 때는 축구 자체가 사라졌다.

우리는 〈스포츠 카페〉를 이겼다. 르네 소르와 그의 팀도 깜짝 놀라 어쩔 줄 몰라 했다. 하지만 그들은 와마이 앞에서 정중하게 고개를 숙였다. 우리는 결승전에서도 〈조프루아 거리〉 팀을 이겼다.

예전의 팀 동료들 중 몇 명과 특히 코치들이 나를 축하해 주러 왔다. 아무도 지난 일은 언급하지 않았다. 그 모든 것이 벌써 아득하게 먼 옛날 일처럼 느껴졌다. 난 와마이를 모두에게 소개했다. 그가 몹시 자랑스러웠다.

우린 우승컵과 메달을 받았다.

　대회 때 관중이 찍은 와마이의 비디오들이 인터넷에 올라왔다. 그 중에는 조회수가 2억 5천만 회를 넘어선 동영상도 있다. 와마이의 기술을 더 잘 감상하기 위해 슬로우비디오로 만든 것도 있었다. 하지만 아무리 슬로우비디오를 들여다봐도 잠깐 공이 사라지는 순간에는 와마이가 공을 어떻게 다뤘는지 도무지 알아낼 재간이 없었다.

　수많은 축구클럽에서 터무니없는 거액을 제시하며 그에게 계약을 맺자고 제안해 왔다. 단지 시범만 보여준다는 조건으로! 그런가 하면 그의 조국에서는 그를 국민영웅으로 탈바꿈시키기 위해 정부가 그를 송환하려고 시도했다. 그리고 그에게 〈가정, 청소년, 체육부〉의 장관을 약속했다.

　전 세계의 미디어들이 그를 취재하려고 찾아왔다. 그는 대부분의 취재를 거절했지만, 몇몇 인터뷰는 승낙했다. 자신의 조국에서 행해지고 있는 독재행위들을 고발하기 위해서였다. 그는 세상에서 가장 위대한 축구선수가 되는 것엔 조금도 관심이 없었다. 그래서 텔레비전이나 라디오 방송국에 출연해 달라는 초대는 하나같이 일언지하에 거절해 버렸다. 특히 돈을 제시하는 곳은 더더욱 싫어했다.

그러자 기자들은 와마이 없이 그의 주변 사람들만 모아서 방송을 만들기도 했다. 광고주들은 엄청난 가격을 제시하면서 그의 대량득점에 초점을 맞춘 스포트 광고를 찍으려고 안달이었고, 영화제작자들은 그의 인생을 영화로 만들고 싶어서 안달했다. 와마이는 좋은 의도를 가진 곳에서부터 상도덕을 벗어난 곳에 이르기까지, 사방팔방에서 구애를 받았다. 그 중에는 오른쪽 어깨에 공을 올리고 묘기부리기의 세계 챔피언 기록에 도전해 달라는 제안도 있었다.

어떤 록 그룹은 그에게서 영감을 받아 곡을 만들기도 했다. 또 어떤 이름난 철학자는 책을 쓰기도 했다. 『와마이, 스포츠 정신에 관한 익명의 형이상학적 고찰』.

그러다가 와마이에 대한 세상의 관심은 어느 사이엔가 아주 천천히, 알아차릴 수도 없게 슬쩍 다른 곳으로 넘어갔다. 시베리아의 사냥꾼들이 우주인 헬무트 레이언스버거의 헬멧을 찾았다는 소식 때문이었다. 그는 운석이 충돌하여 '엔터프라이즈' 호가 부서지던 순간에 우주선 밖에서 임무를 수행하고 있던 사람이었다. 하지만 그의 헬멧이 어떻게 시베리아 초원에 떨어질 수 있었는지 여전히 풀 수 없는 수수께끼로 남아 있다.

와마이는 어쩌면 제롬 에스트팡 같은 억만장자가 될 수도 있었고, 우주여행을 할 수도 있었을 것이다. 하지만 그는 여전히 아빠의 직장동료로 일하고 있다. 얼마 전에는 드디어 야간대학교의 정치학과에 등록했다. 그가 지금 원하는 것은 새로운 가정을 꾸미는 것이다.

대회가 끝났을 때였다. 와마이가 내게 다가와서 물었다. 이겨서 만족스럽느냐고. 나는 물론이라고 대답했다. 하지만 그때 이미 난 뭔가 거북한 것을 느끼고 있었다. 그 후 우승에 따른 결과로 일어나야 할 일들이 모두 일어나고 난 뒤에는 더 확실하게 죄책감을 느꼈다. 무엇보다도 그것은 단순한 게임이었다. 공을 가지고 하는 게임.

와마이는 나의 대답을 듣고 아무 말도 하지 않았다. 하지만 나는 그가 그 일로 인해 나를 원망하고 있음을 느꼈다. 나는 벼룩시장에서 새로 산 사진소설 한 꾸러미를 선물하며 그에게 사과를 했다.

이제 와마이는 더 이상 공을 만지려고 하지 않는다. 농구공이든 축구공이든. 그래서 〈생강〉 팀은 내년에 열리는 트랭캉 시의 풋살 대회에는 나가지 않을 것이다. 〈생강〉 팀은 가끔 모여서 맥주를 한 잔 하거나 식당엘 가곤 한다. 이제 우리는 모이면 핀볼게임이나, 다트게임 혹은 베이비축구 같은 것만 한다. 한 번은 당구장에 가기도 했다. 볼링장에 간 적도 있다. 또 큰 경기가 있을 때는 한 집에 모여 텔레비전을 시청한다. 대회가 끝나고 나서 파스칼은 펑크족 친구들과 사이가 멀어졌다. 그의 닭벼슬 머리는 이제 덜 인상적이지만, 그는 여전히 맥주를 많이 마신다.

와마이는 여전히 미스터리로 남아 있다. 난 그에게 하고 싶은 질문이 아주 많았지만 하지 못했다. 아마 했다면, 와마이도 뭐라고 대답해야 할지 몰랐을 것이다. 그는 어떻게 축구를 배웠을까? 그런 독특한 스타일은 어디서 나온 것일까? 그가 그렇게 정확하게 골을 넣을 수 있는 가장 먼 거리는 얼마쯤 될까? 난 그가 바다 저편에까지 골을 넣을 수 있을 거라는 상상을 하며 흐뭇해하곤 한다.

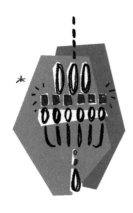

엄마의 건강이 썩 좋지 않다. 엄마를 한 달에 한 번이 아니라 더 자주 보고 싶지만, 그것이 쉽지 않다. 난 엄마가 어째서 그 작은 의식에 그토록 집착하는지 이유를 알 수 없다. 예를 들어 식당을 바꿔보자고 설득하는데도 몹시 애를 먹었다. 샐러드 외의 다른 음식을 먹게 하는 것은 아예 불가능했다.

엄마는 웅가로 호프집의 양배추 요리를 입에 대려고 하지 않았다. 내가 껍질을 간 감자가 들어간 요리인데……. 엄마는 여전히 내 오른쪽 뺨에 입을 맞춘다. 그리고 여전히 이렇게 말한다. "네 아빠는 안 물어봐도 여전히 똑같겠지." 엄마의 독백도 여전하다. 자신의 삶에 대해, 자신이 했던 일과 앞으로 할 일에 대해 이어지는 기나긴 독백. 엄마에게는 이제 함께 사는 남자가 없다. 하지만 엄마는 인터넷으로 다른 남자를 찾고 있는 중이다. 엄마는 새로운 동반자를 구하고 있는 중이라고 말했다. 아마도 일생의 진정한 사랑을 찾고 있는 것이겠지. 그러나 난 그것이 진실이 아니라고 확신한다. 난 엄마가 더 이상 어떤 남자도, 그 어떤 것도 찾고 있지 않다고 확신한다.

나는 엄마에게 아직도 판토폴라도로를 보물처럼 소중하게 간직하고 있다고 말했다. 우리 가족이 로마로 마지막 가족여행을 갔을 때 엄마가 내게 사주었던 그 축구화를. 난 그 신발을 평생 동안 소중하게 간직할 거라고 말했다. 그러나 엄마는 별 반응을 보이지 않았다. 그저 접시를 향해 서글픈 미소를 던졌을 뿐이다.

머지않은 시일 안에 줄리아나를 엄마에게 소개하고 싶다. 엄마에게 먼저 소개하고, 그 다음에 아빠에게 소개할 참이다. 난 아빠가 엄마를 용서해 주었으면 하고 바라고 있다. 나는 또 엄마가 딱 한 번만이라도 나를 엄마 집에 초대해 줬으면 하고 바란다. 난 엄마의 아파트를 무척 보고 싶다. 엄마가 살고 있는 곳. 엄마가 쓰는 가구들과 물건들. 거기서 엄마가 내게 마카로니 그라탱을 다시 한 번 해줬으면 좋겠다. 엄마는 말했다.

"우리 집은 너무 초라해. 식당에서 만나는 게 더 좋아."

내가 아빠에게 말했다. 엄마의 남자가 떠나고, 이제는 엄마 혼자 살고 있다고. 그 남자가 다른 여자랑 떠나버렸다고. 그런 지 벌써 2년이 되었다고. 나는 아빠에게 엄마의 건강이 몹시 좋지 않다고 말했다. 아빠는 말없이 어깨를 으쓱했다.

베로니크는 대회 이후에 와마이를 더 많이 보살폈다. 그녀는 그의 비서인 동시에 변호사로서 모든 일을 도와주었다. 그녀가 없었다면, 와마이는 돈벌이에 혈안이 된 사람들 떼거리로부터 혼자 헤어 나오지 못했을 것이다. 그러는 사이에 두 사람은 훨씬 더 가까워졌다. 어느 날 저녁 모임을 마치고 돌아오는 길에 아빠가 말했다.

"그 두 사람이 곧 결혼할 거라는 생각이 드는구나."

난 혹시 아빠가 질투를 하는 건 아닌지 물었다. 아빠는 이렇게 대답했다.

"뭐라고? 왜 내가 질투를 해야 하지?"

그러고 나서 이렇게 덧붙였다. 하긴 아빠 자신도 질투를 하지 않는 게 이상하긴 하다고. 그래서 난 결심했다. 다음번에 아빠가 다시 한 번 마르틴 이야기를 꺼내면, 그때는 꼭 그녀를 만나보도록 용기를 북돋워주겠다고.

　줄리아나가 쓴 공상과학 소설, 『캉크리의 시스템』에서
는 페닉스 231호의 선장인 프란체스카 잔코가 우주생물학
자 루카 페이야르와 사랑에 빠진다. 그녀가 그를 사랑하게
된 것은 전혀 예상치 못한 일이었다. 프란체스카는 그에 대
한 사랑을 억누르며 자신의 임무에만 집중하려고 애를 쓴
다. 그녀가 탐험하고 있는 행성은 살펴볼수록 매력적인 장
소라는 것이 드러난다. 좀 불안해 보이는 문제들이 발견되
기도 하지만, 오케아노스는 인간 종족의 생존을 위한 바람
직한 조건들을 충족시킬 수 있을 것으로 보인다. 프란체스
카 잔코는 어린 나이 때부터 자신의 사명에 헌신했고, 사랑
에 빠진다는 것은 한 번도 생각해 보지 않았었다. 루카 페
이야르! 그는 어떤 매력을 갖고 있는 것일까? 무한의 비밀
보다, 광속의 신비보다 더 큰 매력으로 프란체스카의 마음

을 빼앗은 그는 대체 어떤 인물일까?

줄리아나의 방에는 여기저기에 온통 책들이 쌓여 있었다. 책상 위에는 『과학과 삶』이라는 제목의 잡지가 펼쳐져 있고, 벽에는 캉크리라는 행성의 대형 포스터가 붙어 있었다. 줄리아나는 내게 행성 이야기를 해주었다. 그 이야기를 듣는 동안, 어느 별의 모퉁이에서 나는 드디어 그녀에게 이탈리아어 문장을 말할 용기를 얻었다.

"뭐라고 했어?" 그녀가 내게 물었다.

"아니, 아무 말도 안 했어."

"했잖아. 네가 이탈리아어로 뭐라고 했어."

"아냐, 아무 말도 안 했다니까."

"다시 한 번 말해봐."

"그 두 개의 별이 서로 얼마나 멀리 떨어져 있느냐고 물었어."

"아니야, 장난하지 말고. 네가 조금 전에 했던 말을 다시 해봐!"

"싫어."

"해보라니까."

난 줄리아나에게 그 말을 되풀이했다. 그녀가 미소를 지었다. 그리고 누구에게 그 말을 배웠느냐고 물었다. 난 와마이가 가르쳐 줬다고 대답했다. 그녀는 와마이에겐 정말 감춰진 재능이 많은 것 같다고 말했다. 나는 사실이라고 맞장구쳤다. 그녀는 하지만 발음이 조금 틀렸다고 말했다. 그리곤 자기가 그 문장을 말하더니, 날더러 따라 해보라고 했다. 난 세 단어를 또박또박 끊어서 말했다. 그녀는 어색한 발음을 고쳐주었다. 그래서 난 내 발음이 거의 완벽해질 때까지 그 문장을 여러 번 되풀이했다. 줄리아나가 미소를 지었다. 그리고는 내 검지손가락을 잡아, 오케아노스가 있는 지점에 정확히 갖다 댔다.